# 鷺過滄海

The Builders, The Seas

金光裕 著

推薦序

# 海峽與海洋的和聲

吳鈞堯

提到金門長篇小說，朱西寧《八二三注》六十萬字巨著，依然為世人熟悉，炮戰期間的犧牲、奮鬥跟人性，成為時代縮影。長篇小說也吸引金門籍作家關注，早年陳長慶《冬嬌姨》等多部，近期黃克全《鏡深》、楊樹清《阿背》、翁翁《睡山》、吳鈞堯《遺神》與《孿生》，著眼歷史、文化與家族，在寫人寫事的基礎上，或寫實或神話架構，也是豐收。

金門文化局近年祭出長篇小說首獎五十萬重賞，吸引好手參加，李福井《蔣介石密碼》、黃東濤《落番長歌》與首獎擦身而過，仍獲得優勝，首獎從缺的狀況到了二〇一九年終於被姜天陸《胡神》打破，以軍中弊案、越南難胞遭無情射殺為主題，寫實厚重。吳其穎《風中有朵血做的雲》同年獲得優勝，偵探手法顛覆戰地，輕盈幽默，與肅煞前線氣氛截然二分。

談金光裕《鷺過滄海》前，扼要梳理金門長篇小說書寫，在陳述布滿軌條材、軍國主義、充滿禁忌的離島，圍籬已漸漸撤除，金門籍作家抒發家國情懷是一條主軸，不受身世束縛者則解放桎梏，賦予金門書寫種種可能。

《鷺過滄海》一開始以八〇年代，一起服役的向潮雄、陳國懷、吳雙澍、安德全拉開序曲，陳述軍旅生活、金門社會文化，以及身在軍中但人心浮動，前途是否歧途、愛情是否案情不明，是青壯男孩都會面臨的問題，形成十面埋伏。向潮雄等四人都是知識青年，一方面辛苦服役另方面積極備課，籌畫未來出路，本以為小說將以四位男主角為主，聚散金門，開啟各自人生，但大陸廣廈集團的建築設計案，讓小說徹底轉向。

一九三〇年代金門人吳總裁，想在祖籍金門蓋一座吳氏家族會館，在成長的廈門，蓋一座感恩紀念醫院，擘劃重責大任交付小女兒吳韻梅，結識紐約來的建築師傑瑞米・歐本海默。吳韻梅有男子漢的堅毅，從小受到牧師薰陶，懷懸壺濟世理想。傑瑞米・歐本海默完全相反，神經質、有自殺傾向，初見吳韻梅時，是在出入風塵場所後，滿身狼狽。一場遠赴南靖山區救濟霍亂的旅程上，吳韻梅不幸染疾，在歐本海默與忠心管家王小松的即時救援間，脫離險境，後送往美國療養，與歐本海默結成連理。

吳氏家族會館何在？這一條線，由建築師事務所麾下的向潮雄代為尋根，順理成章交代前女友周善敏、妻子智媛，以及陳國懷的婚姻狀況。紀念醫院則讓吳韻梅與歐本海默現身演出，成為小說的男女主角。「鷺過滄海」，書名漂泊而惆悵，交由兩座建築物穩穩固守了，它們或殘損或屹立，目睹朝代替換、物換星移，唯有美學與意志成為中流砥柱，這讓吳韻梅、歐本海默在紀念醫院的「交手」，成為重大關鍵。

中國樂器「笙」，單一樂器就可以和聲，小說尾聲，歐本海默的兒子、建築師事務所第三代傳人，在線上向廣廈集團報告設計理念時再提到「笙」，並以「和聲」作為報告主題，交代父親在廈門設計紀念醫院，並非把西方的現成品移植到東方，而兼顧了工法、材料以及當地文化因子，這是實體建築與精神資產的「和聲」。第三代傳人向來輕忽父親作品，認為既不現代也不古典、不抽象也不具象，重新審視後，才發覺父親具備勇氣、忠於自我，在西學甚囂塵上、東方文化式微的年代，取其平衡，不錦上添花，側重實際生活所需並佐以建築美學，這是歐本海默的堅持，遲至多年後才被兒子發現；建築藝術除了是美學的考古，也是親情的再定義。

「笙」，著重「和聲」，它是樂器也是象徵，繁複不是美學、單純也不是，而必須要「和」，才能夠在單一樂器、或者說單一建築，表現諸多聲調。和，也在婚姻，紐約歐本海默、祖籍金門吳韻梅，因為設計案以及為了濟民於水火，讓彼此的落差漸漸趨於平靜、平衡。

吳韻梅的作為是小說的核心，她從來不像華人母親妄想抓住兒子，老年時決定遠赴婆羅洲，在出生與成長的地方創辦平民醫院，「有人說，人到死了以前說的都是鄉音」，這是她的體會，留給兒子的遺囑是「無來，無去，真正無代誌」。吳韻梅能說各種語言，遺囑竟以閩南語留給中美混血的兒子。小說以金廈及其海域作為開場，實則敞開海峽而為海洋，打開人、我，不再隔閡。區域者如縣市，都是幅散的根據地，樹根、花種，只要適情適性栽培，無論趨向何處都能落地生根。俗世的故鄉只能一個地址，靈魂的故鄉可以隨遇而安、而居、而牽掛。

書名《鷺過滄海》，便有時空延展的指涉，小說從金門出發，再回來還是金門，但已種下因果，隨著際遇增添繁衍。金門書寫到此，如同打開太上老君的煉丹房，修煉與服用的法門將繼續被發現與發明。如此繁複、龐大的命題便難以傳統的線性結構完成，作者採取多元視角，向潮雄、吳韻梅等，採取第三人稱全知觀點，廣廈集團舒經理、船老大穆西納、吳氏管家王小松、建築師第三代傳人等，採用第一人稱，除了增加小說閱讀趣味，也讓時空換檔間，更能從容掌握節奏。

情慾書寫則讓人玩味，無論是青年時代，或者即將步入老年，慾望是一筆筆的伏筆，只要一點開，就必須完成捺或撇嗎？倒也未必，如果心頭有更旺盛的精神，便能以硬碰硬。這是作者的幽默，吃喝拉撒等基本念頭，一念之間可以完成型態，也能瓦解於無形。

《鷺過滄海》以金門、廈門為背景，實則指向世界地圖，以吳韻梅為例，祖籍金門，成長婆羅洲，父祖的遺址並非墳坟，而是探往他方的種子。樹根、花種都能四海茂盛，而若當把人當作種子，八方世界都是屬於眾生的「金門」。

・本文作者吳鈞堯先生，作家，出生金門，著有《火殤世紀》、《遺神》、《孿生》等金門主題小說，以及《一百擊》、《重慶潮汐》、《台灣小事》等散文集，以及詩集《靜靜如霜》。

推薦序

# 群星連線——金光裕《鷺過滄海》序

徐錦成

金光裕是資深建築師，也是資深作家，寫作資歷將近半世紀，但他的作品不多，之前只出過三部小說及兩部散文，本書《鷺過滄海》是他的第四部小說。

他的第一本長篇小說《沙堡傳奇》是「留學生文學」（九歌版，一九七七年十月）。如今這個文學類型已經退燒，但該書以十篇環環相扣的短篇（及一篇外一章〈庸夫三部曲〉）組成一部長篇小說，已展現出金光裕不俗的小說技巧。金光裕曾是留學生（一九八二——一九八四），學成後留在紐約工作、生活十幾年（一九八四——一九九五），儘管他說《沙堡傳奇》「**沒有什麼考據的必要**」，但顯然是生活經驗給了他寫作的材料。該書外一章〈庸夫三部曲〉曾入選《七十四年小說選》（亮軒主編，爾雅版，一九八六年四月），描述一位紐約上班族華人的生活，被當年主編亮軒譽為「**像是看了一場伍迪．艾倫典型紐約風格的電影，嘲弄和著淚光，到頭來聳聳肩，作個無所謂的姿態了結。**」

金光裕的第二部小說《恆河的鼻環》（遠流版，一九九一年八月）收錄八篇以「骨董物件」為題目的短篇小說，當時的他還在紐約，處理的拿手題材仍是在美的華人處境。但既然以骨董為引子，很自然就有了歷史感。譬如〈翡翠鐲子〉寫陳老太太，小時候是童養媳，中年時家道中落，晚年定居紐約。金光裕以時空交錯的筆法寫出一個平凡小人物的一生，但誰能否認這不是大歷史的一部分？

他的第三部小說《七出刀之夢》（大塊文化版，二〇一一年十月）是歷史小說，也是武俠小說，應是他寫得最用功也最費力的一本書。由於不滿意主流正史（如《資治通鑑》）及稗官野史（如金庸《天龍八部》）裡對於燕國慕容王朝的描寫，他花了十幾年的時間完成該書，填補歷史縫隙，或者說，重新詮釋一段歷史。「十年辛苦不尋常」，更何況若加上構思，《七出刀之夢》花了金光裕將近三十年。幸好辛苦有所代價，這本書為他贏得二〇一一年「《亞洲週刊》中文十大好書（小說類）」的榮耀。

除了上述三部小說，金光裕也有一些未收到自己書中的傑作，譬如曾獲中國青年寫作協會小說獎特優獎的〈隊旗〉（收錄在《華副小說選》第二集，中華日報社，一九七七年八月）；以及曾獲第七屆聯合報小說獎（不分名次入選）的〈殘兵記〉（一九八二年，後收錄在徐錦成主編，《打擊線上：台灣棒球小說風雲》，九歌版，二〇一三年八月）。這兩篇小說都是運動小說。其中〈殘兵記〉對於棒球賽的描寫活靈活現，像一場實況的文字轉播，是棒球迷才寫得出來的情節。

此外，金光裕還有兩本散文（雜文）集，分別是：《浪淘盡．卡通英雄》（九歌版，一九九四年七月）及《金字塔上——建築文字．文字建築》（建築情報季刊，一九九九年五月）。《浪淘盡．卡通英雄》談紐約、談運動、談建築、談讀書……等，展露出金光裕廣泛的興趣與知識。《金字塔上——建築文字．文字建築》則集中談建築，那是他的專業，他也曾長期擔任建築雜誌《建築 Dialogue》總編輯（一九九八—二〇〇五）。

這篇文章的前半為何要先介紹金光裕過去的作品？理由有兩個。

一來他並非大多數讀者所熟悉的作家——這當然不是他的錯，而是讀者們的損失。如果讀者願意去查，將發現過去談論金光裕的評論文章也寥寥可數。他是量少而質精的作家。因為量少，使他相對來說被讀者及學界忽視。

二來，我認為正是因為有了過往的寫作經驗，這部《鷺過滄海》才能寫得如此行雲流水、舉重若輕。

《鷺過滄海》是本好看的小說，不只內容精采豐富，也很容易閱讀。金光裕一向重視作品的流暢，在上一本《七出刀之夢》時他就坦承，修改多年是為了讓讀者讀來能一氣呵成。

《鷺過滄海》易讀的原因不只在文字的流暢，也在結構的精巧。小說沒有單一的視角，也不是所謂的「全知觀點」，而是採用每一小節就換個角度／人物／腔調，過程眾聲喧嘩，像是不同樂器的交響，但一段接一段都很和諧，直到結尾的完美和聲／合聲。而運用不斷變化的不同人物來說故事，或許也暴露出金光裕對於歷史的一貫看法（可參見《七出刀之夢》），他應該無法接受任何歷史／事件／故事只有單一的解釋，寧願讓書中人物各個都有機會上臺一抒己見吧？

鷺的種類繁多，是溼地生態系統常見的鳥類。在書中鷺多次登場，當然不再只是背景道具，而升格為小說人物在人生轉折點上的意象。但我在閱讀本書時，也經常想到另一種鳥類：「鴻」。一如蘇軾〈和子由澠池懷舊〉的名句：「**人生到處知何似？應似飛鴻踏雪泥。泥上偶然留指爪，鴻飛那復計東西。**」作者辛苦掇拾這些泥上指爪，完成這本時空跨越幅度極大的小說。

還有一句「**人生何處不相逢**」也很適合註解這本書。書中的巧合／巧遇不斷，金光裕聰明地引用一句英文諺語：「**當群星連線的時候，什麼好事都可能發生。**」這個說法不僅充滿詩意，也充滿溫情。年輕時的金光裕犬儒得很，嘲諷的話語不擇地皆可出（有興趣的讀者不妨讀讀他的少作），但如今他較為收斂（但偶爾仍語帶嘲諷），也不再掩飾他的寬容，願意感謝一切（「Thanks for everything.」）。這只是因為不同的題材使然嗎？或許也有歲月累積的因素在吧？

《鷺過滄海》還有一個明顯的特色，就是一位（身兼小說家的）資深建築師說了一個建築業的故事。書中大量提到的建築歷史、風格解說、工法技術……，對金光裕來說是當行本色。他曾策展「二〇一一第四屆香港．深圳城市／建築雙城雙年展」（與李亮聰共同擔任總策展人），當年的展覽主題是「三相城市：時間．空間．人間」，而他在

《鷺過滄海》裡談起建築，也是「時間．空間．人間」三位一體。再加上以紐約當做重要場景之一，不僅是金光裕熟悉之地，也是他以往小說常寫之處。雖然優秀的小說家必然知識豐富，而金光裕也的確興趣駁雜、腹笥寬廣，但無論如何，這是一本只有在紐約待過的建築師才寫得出的小說，這點使得金光裕的半生事業有了「為寫這本書而做準備」的特殊意義，相信他寫完這本書時，必然感到無限快意。

多年前金光裕曾說，寫小說是他「認識自己的一種方式」。他的正職是建築師，但寫作這件事對他的意義絕不下於建築。如今因緣際會「群星連線」，他寫出《鷺過滄海》。所有恰巧抬頭仰望的有緣讀者，都將看見一片美麗燦爛的星空！

．本文作者徐錦成先生，為作家、國立高雄科技大學文化創意產業系教授，著有小說集、劇本、橋梁書及學術論著等多種。

自序

# 我未曾離開過

我從大學開始寫作，忽忽已要逼進五十年，其間也就只出過五本書，第一本短篇小說集《沙堡傳奇》（一九八七）和散文集《浪淘盡．卡通英雄》（一九九四）都是九歌出版的，其內容大多也都是先在蔡文甫先生主編的《中華日報．副刊》上刊登的，年輕時許多事以為理所當然，到後來才體會到當年蔡先生對後輩的提攜和鼓勵，都在微妙與不著痕跡之間，如今蔡先生以高齡仙逝，連我也領了敬老卡了，竟然還有此緣分由九歌來為我出書，真是何其有幸！

現代建築大師密斯凡德羅先生曾說：「我沒有受過正統的建築教育，只是讀過幾本好書，和幾位好建築師一起工作過，如此而已！」密斯的家鄉是德國亞琛（Aachen），乃神聖羅馬皇帝查理曼大帝的首都，至今還留存大帝建於西元八〇〇年的大教堂。密斯的父親是石匠，歐洲傳統的匠師，都是綜合了工技、藝術和科學的訓練，雖無社會的驕寵與光環，卻享有如黑色沃土般深厚濃郁的養分。但這也與我許多同輩作家幼時的文學環境有相似處，雖然成長於物質匱乏，但也最需要尋求精神出路的年代，一本書的傳閱可以讓多少人神遊物外，也在殷切之間無意之間得到了文學的滋養。

我一直與文壇少有接觸，曾經談得上是文學路上的同伴，無非是顧肇森了。我們都是幼時愛讀雜書，由章回小說武俠小說翻譯小說到經典文學現代文學，就像是登船出海，不知不覺就航入了文學的國界，到了一個年紀，突然興起了寫作的慾望，竟也獲選刊登和鼓勵，得了這樣的肯定就繼續地讀繼續地寫。

我們從大學相識，後來都在紐約工作直到他過世。前後十七年，由青年到中年，經常約了打牙祭聊天，交換讀過的書和草稿互給意見。一九九四年初我搬回國前他動了大手術，意志有些消沉，也許感受到了人生無常，說是病癒了不再做醫生了，找個地方好好嘗試用英文寫作；他說年輕時寫作靠熱情，像是身體裡有一把火，不寫出來就坐立不安，到了中年就要靠思考靠方法了。我替他打氣，想到了就該去做，英文縱非母語也總有方式克服；而我自知沒有他的才華與早慧，只能期望到了老年，累積了足夠的生活智慧，能夠寫些有意思的作品就好。本以為以後還可以用逐漸普及的電郵交換草稿，未料我回臺後半年內，他就在三十九歲的英年往生了。

我回臺後與我太太石靜慧開辦了建築師事務所，做過建築雜誌的總編輯，建築展的策展人，在香港大學建築學院教過書，無論工作或生活，都是不斷地處理一個又一個問題，有挫折有差強人意也有如意之時，但是眼看著隨著年歲增長累積智慧的願望是緣木求魚了，唯一不變的就是持續著閱讀和素描式的筆記。在前兩年疫情期間，因為工作方式的改變將生活步調放慢，竟多得了些時間，於是抱著能寫多少算多少，在全無負擔之下，竟如輕舟已過萬重山，不知不覺竟寫完了。過去零星的念想和感遇，竟然都不知由何處飛來，或者像地底冒出的湧泉，都在故事中找到歸位。

所以我比老友多活了幾十年，若能回到過去，竟也可以倚老賣老，告訴他原來到了老年，寫作竟是要靠等待。縱使天天所見，都只是尋常的街巷里弄平凡風景，但是只要耐心平靜地觀照和嚼咀，故事和概念竟自己會浮現，似乎不是大腦而是腦幹，不是思考而是直覺在主導了。而這個青年、中年、老年三部曲，竟也類似日本戰國三雄如何讓夜鶯唱歌的雋永比喻，不唱歌的鳥兒會被織田信長斬殺（一刻都不能等的急切），豐臣秀吉會逗弄牠唱（要有計畫有方法），而如今的我有如老奸巨猾的德川家康，會耐心等牠唱歌了。

這是個有關建築師的故事，但是重點並不在建築設計或建築史，只是引用我最熟悉的行業最不容易失真而已；同時，無論人們如何定義所謂七大藝術，文學與建築都是不可或缺的兩項，但是建築是有關空間，文學是時間的藝術，其中即使有相通的原理，也是極其隱微與抽象的，也並非這部小說的重點；它也不是自傳，除非人生經驗的累積就是自傳，雖然有些非關鍵性的情節是真實的經驗，比如我確實曾在金門服役，我在紐約的第一個工作，真的就是在卡內基音樂廳內的藝術家工作室，相隔數十年，我也曾經由小三通回臺，在廈門五通碼頭通關時，赫然遇見數十年未見過的學長！但是絕大多數的情節和人物都是想像，至多是將我所遇過的人事物，經過打碎重整和加工的結果。如同密斯凡德羅先生，我也有幸在人生中，遇到過許多精采的人與事，這些亦師亦友亦同伴的影響都灌注其中，而他們在每一個角色之中，但也都不是那個角色。

以往寫完文章，回頭看總覺得不夠到位，不是甚不滿意就是不甚滿意，似乎永遠停留在「最滿意的文章會是下一篇」，但是在寫完這篇後我卻告訴女兒，我這輩子已經很夠本了，她聽了連忙問最近健康檢查有問題嗎？

我說我不是那個意思，以我有限的才華，有我太太做事業的伴侶，靠著她的設計才華經營個事務所，跌跌撞撞的也可以在執業生涯內完成數十個作品，培育些後繼的人才，此其一也；我女兒完全沒有詢問過父母的意見，就選擇了文學創作和文學翻譯作為人生的職志，但也因此我又有了文學路上的同伴，如今我能夠完成一篇足以代表我人生樣貌的小說，此其二也，所以我非常知足。

八年前做台北城市博物館的規畫，因為其中文學館的部分，而訪談了數位賢達與前輩，這是我和文壇最密切的接觸。我也由這個過程中了解到，臺北的文學最珍貴的，就是由戰後變動、困頓又封閉的時代，某一群人將生活的苦悶、欣喜和想望，用最可及最無需成本和熟悉的方式，也就是閱讀和寫作，得到抒發與慰藉，即使在生存的邊緣，在精神上也依舊可以「航向拜占庭」。這些人大多非職業作家，也很難靠此維生，也因此可以免除造作與姿態，而能寫出真實的人生，流露和記錄真性情與真識見，這也是我所認識與認同的文學。

〇〇七影片《量子危機》，龐德不受軍情六處的節制，進行了報復性的行動，在惡人伏法塵埃落定後，代號M的女主管告訴他：「龐德，我需要你回來。」他的回答是：「我未曾離開過。」所以雖然沒有懾人的外表和殺人的執照，這本小說也不該算是我的回歸之作，因為即使我從未在文壇之中，卻從來沒有離開過文學。

金光裕　於二〇二二年二月

目次

## 卷二　土樓的星光

# 卷一

# 水調歌頭

## 界

二〇二〇年一月，在鮮見的冬日明亮陽光下，廈門五通碼頭建築反射刺眼的白光，它似乎就近在咫尺，但是眼前橫著十線的快速道路，完全沒有穿越的可能，他下榻的酒店距離碼頭直線距離不過幾百公尺，門口卻沒有一部計程車，問櫃檯說要等二十分鐘，他看距離應該五到十分鐘就走到了，沒想到竟有這一條不可跨越的鴻溝，打開手機地圖，也找不到十字路口或是天橋，再走回酒店又覺得浪費時間，竟搞成了進退兩難。

向潮雄想起酒店大廳牆上，有五通碼頭的老照片，廈門是一座獨立島，在古代不論由哪個方向來，都要靠船舶來往，五通就是往北方的碼頭。對來自中原或是江南的古人，比如被分派到廈門的官員，由杭州經過寧波臺州溫州，就已經像到了異國，再經過無數崎嶇的山嶺，碎片似的海岸到了福州，像是洪荒中再見到文明之地，再往南走，所見都是服飾怪異口操蠻語的異人，走過多少瘴癘蟲蛇充斥的窮山惡水才到了泉州，像是《鏡花緣》書寫的古怪國度，幾乎是世界的邊緣了吧？再往前走到山窮水盡，布鞋麻鞋不知磨破了幾雙，看到莽莽蒼蒼的大海，還要坐了渡船在船上再吐一回，才終於能在五通碼頭上岸。酒店牆上的照片還有魯迅在一九二六年到廈門大學教書的留影，難道就連那時的魯迅，也是在這裡踏上廈門島的嗎？

與古人和魯迅有了連繫，向潮雄突然覺得眼前的難題不大了，看著手機上的地圖，以前資訊不發達的時代，加上敵對狀況，很多事情以訛傳訛，一九八〇年在金門服役的時候，曾到馬山喊話站去做修繕工程，趁機會用碉堡軍事望遠鏡去看對岸，有位預官排長很熱心地告訴他：「沿海岸有排圓拱的房子，就是廈門大學，現在應該都是軍營了，還有衛兵在站崗。」

另一個同僚所見卻大不同：「全世界的衛兵都一樣，都在打瞌睡！」

現在他知道，廈門大學卻是在廈門島的西南邊，根本不是在正東方的金門島望得到的，由馬山喊話站看到的應該是大嶝或小嶝島，如今從衛星地圖上看，那裡沿海的也沒有圓拱的房子，究竟是被拆掉了，還是他的記憶完全失真？算算看，四十年前的他與魯迅在廈門的年代差了五十四年，那時覺得魯迅屬於不可及的歷史，那麼年輕的自己如今也算是歷史人物了吧？

快速道路的分隔島上種了好幾排的椰子樹，顯然是要經營出熱帶風光。他想起在金門服役時，冬天簡直冷到骨子裡去，在紐約住了三十多年之後，現在簡直有些燠熱難耐。冷戰末期金廈之間的一水之隔，像是不可跨越的陰陽兩界，如今大三通小三通已實施多年，未料他又自找了一座奈何橋！

環顧四下，竟有一隻隻白色的大鳥由他頭上飛過，這才發現幾十公尺外有一臺除草車轟轟地在剪人行道旁的草地，後面跟著一隻又一隻的鷺鷥，撿食除草車翻出土壤中的蟲，附近的同類也都迢迢趕赴而來，後到的幾乎撞上向潮雄的頭，鳥類竟有自己的秩序，全不會爭先恐後，落地以後一排兩隻像排隊一樣邁步啄食，那些鷺鷥也不怕人，和他速度差不多地亦步亦趨，他突然覺得有些荒謬，好像他也在一起找蟲吃，就三步併作兩步趕上除草車，問駕駛哪裡有天橋，那人卻一臉不耐煩全然不理會他。

還好此時一部計程車施施然地開過來，他連忙攔住了。那師傅推託道：「你再走一走就有天橋了，我在找地方打個盹呢。」言語中也沒有堅持拒絕，他硬是擠進車裡半強迫半拜託，果然還是繞了一大圈才到，也沒看到天橋在何方，他連忙丟下一張整鈔衝進大廳去。

五通碼頭可能比威尼斯的國際機場還大，造型屬於女性建築大師札哈哈迪的波浪曲面的山寨版，大廳用的材料和裝修並不便宜，只怕美國的地方機場都比不上，但細節不夠準確細緻，引發他的職業病臧否高下，地板牆面天花的分割線都沒有對齊，天花板上的燈都沒加防眩罩，映在光滑的石材地板上，地上也出現一片燈海，似乎要審問所有的過客。

要出關時，收了他美國護照的官員翻來翻去，竟拿了走了，他一時不知所以。不久一道門打開了叫他進去，他被領到一個小房間，坐下來後門就關了起來，良久沒有人理他，只剩下兩盞日光燈，似乎真的在審問他了，他看看時間，原來打算坐的那班船已經來不及了。

他百無聊賴，桌上有個壓克力架子，裡面插著些旅遊訊息小冊子，其中有一份金門的，他拿起來翻了翻，金門竟然有這麼多古名，浯江、仙洲、滄海……

終於進來了一位女官員說：「你用的是美國護照，你的中文名字怎麼寫？」

「向上的向，海潮的潮，英雄的雄。」

「你的普通話說得很好嘛，在哪裡出生的？」

「臺北。」

「中國臺北嗎？向先生，你為什麼不用臺胞證呢？」

「我在美國住了三十多年，已經入了美國籍，自從父母過世，也很少回臺灣，所以沒有辦過臺胞證，這次是因為業務從紐約直飛到廈門，我是建築師，是這裡著名的廣廈集團請我來的，辦完事就直接回紐約了。」

對那位女官員似乎只是耳邊風，他連忙拿出自己的名片遞過去，還好他有中英對照的版本：「我是這間歐本海默父子事務所 Oppenheimer & Sons 的總經理，事務所是一九〇〇年就成立了，現在已經是第三代了，因為在九十年前就在廈門設計些經典之作，廣廈公司就邀請我們設計他們的寫字樓。」

講到這裡他突然想起，歐本海默二世在一九三〇年到廈門，其實和魯迅只差四年，陰錯陽差差一點就可以碰上呢！那位女官員問：「你為什麼要去金門呢？」

他突然有個錯覺，這女官員竟是他太太朴智媛的化身，把他要去和大學時候的女朋友周善敏重逢抓個正著！青天大人冤枉吶，這件事不是他主動的，是她在社群網路中發現他在廈門，而她正好在金門，透過微信找到他過去碰面！他會有什麼意圖呢？以周善敏這樣的正經八百的人也不會有，純粹是英文說的「當星星們連線時，才可能有如此巧合」。哈哈！你這句話露了餡了，這句話就有巧合、幸運，到了水到渠成的意思，不是嗎？所以你覺得就算發生什麼不可測的事，也不是你的錯，不是嗎？

他自己嚇自己陷入天人交戰，女官員臉色凝重起來，他回過神來說：「我本來今天就要回紐約的，但是廣廈那邊突然增開一個會，要我留到下週一，我多了兩天沒事，聯絡上了大學同學，所以去金門聚一下。」

她翻看著他的護照，像是在找裡面是不是有夾層：「臺胞證很方便的，用美國護照要走小三通，是比較罕見的。」

他本想說那我不去好了，請把護照還給我，她卻又起身出去了，他暗罵自己的反應太慢，想起來或許廣廈那邊有什麼特權和辦法，就拿出手機用錄音檔寄給負責接待他的舒經理，通常舒經理對手機上的訊息，像是打壁球一樣馬上彈回來，如今卻像是全聽不到回音的錄音室。他寄出去後越發不耐煩，這些人來催設計圖的時候十萬火急，他最需要的時候卻不理不睬！

## 舒經理

我被分配到這個項目的時候，以為是件很牛B的事，我們廣廈集團總部雖然在深圳，卻是從廈門起家的，現在又要在廈門搞個集團園區，豈不就像明成祖把國都由南京遷到北京，卻仍然把南京維持了京城的規格？修總裁不但下了條子，還直接寫了電郵給我，要我去聯絡紐約的歐氏父子事務所。集團有好幾千人，我竟然可以上達天聽，是多麼拉風的事情？不知道有多少人看紅了眼！

我把英文稿琢磨了多少次才發出了電郵，我也找到了他們的網站，竟然還有中英對照（只是用的是繁體中文），網站的內容不像一般公司都在表揚自己的豐功偉績和超級創意，而是一百二十年來的設計圖、手稿、完工時和每隔幾十年的照片，經過什麼改造等等，很像是歷史資料庫。上衛星地圖去查，事務所的地址在紐約曼哈頓的黃金地段，四層樓獨棟的華廈，門口還掛了個銅匾，網站上說這棟房子是他們九十年前設計了自用的，叫人真是摸不出深淺，到底是還在營運還是停業了，規模是大還是小？讓我有點洩氣，難道這個機會竟要打水漂了？

所幸收到了回信，原來是個在那裡工作了快四十年，姓向（他說「我姓向，向上的向」，像是個好兆頭！）的臺灣人，普通話說得挺好，就是說起話來有一搭沒一搭的，我單刀直入問他，現在事務所的規模如何，他也毫不閃躲直說就剩五個人，一副姜太公釣魚願者上鉤的意思，如今最多的業務就是替老房子修護，整修和加建，這些老房子也大多是事務所百年來的舊作，如今都是列為經典之作的名宅，這不正也很像我們這個項目嗎？我雖有些擔憂他們的規模不夠，但不禁又雀躍起來。

他原來也不知道歐氏先人在廈門有留下作品，過了幾天卻寄來了一堆資料，是他找到當年的檔案，素描、筆記、圖等等，這位向兄資料整理得有條不紊，看起來事務所的網站就是他搞的！我也馬上寄去現場照片和地形圖，你來我往，很快就有了初步方案。寄來的圖裡面有電腦圖之外，還有頗有路易士．康味道的手繪素描，他說這些都是老闆，歐本海默三世親手畫的，這對我們上過建築系的人簡直無可抗拒，同事上司們都頗為驚豔，好像電影裡面老歌新唱特別引人，所以我也上了簽呈，要請他們到廈門來看看基地做個簡報。

一切安排就緒，對方都要上飛機了，突然副總經理把我叫了去，哼哼哈哈了半天，原來總經理說，修總裁只是給我們提個醒，要我們知道他是有品味有學問的人，對廈門的了解比我們都多，怎麼可能真是要找個蠟像館裡的建築師來設計呢？以廣廈現在的規模，世界一流事務所都上門巴結，這家百年事務所只剩幾個人在守墓，哪能符合我們的水準呢？

原來總經理是有口袋人選的，我沒有多打探，就一頭熱走了這麼遠，副總說都是賣力辦事嘛，老總也不會怪你，既然人家老遠來了就聽聽，付點車馬費工本費，招待住宿吃飯也不要小氣，這種日薄西山的老公司胃口也不會大，做的東西還可以就留下來做參考！

我的臉一定漲得通紅，一時之間惱羞成怒，真想質問副總，既如此，為什麼我寫簽呈要請他們來的時候你要批同意呢？算了！這樣下面奴才揣摩上面奴才的心意辦事的公司有什麼前途？乾脆當面辭職不幹吧！但是幸好我也有老成世故的一面，即時想起妻子孩子房子車子，老家老父老母，都得靠我這份優渥的薪水供養，當下只含糊地說知道了，從他房間出來走回我辦公桌的時候我就想通了，我的第一反應其實是對向先生過意不去，讓他們投入了這麼多，其實他們做得再好，也只是替老總的口袋人選做白工，我等於替上級騙了他們！但是商場和職場是現實的，向先生的人再好，歐先生的素描再迷人，也不是我區區一個經理有能力相挺的！

副總的言下之意，修總裁的上意是老總去揣摩的，老總的上意是副總要去揣摩的，我該揣摩的是副總的上意，豈可以超車到他兩人前面去？這也是老總和副總給我提的醒，我漲紅的臉馬上退了燒，既然我還要在集團待下去，也只能照副總的交代辦差，對向先生只能外熱內冷敷衍應付了！

# 你怎麼在這裡

那女官員終於進來把護照還給了他，這次換了他前後翻看，深怕被掉了包或是加了什麼手腳，她用卡片刷開另一道門說：「行了！你就從這裡出去吧。」

他連忙拿了護照手機和行李起身，門在他身後關上，他才知道已經過了護照檢查點，此時手機竟然響了，由設定的鈴聲知道是舒經理打來了，他回報問題已經解決了，舒經理反倒比他緊張了，矚咐他有問題就找他，星期一早上一定要準時向總裁報告，所以星期天晚上一定要回到廈門，決定船班就告知，舒經理會到碼頭接他云云，耳提面命，他好不容易才掛上，發現前面那人一直盯著他看，說：「向潮雄？」

那微胖的身形和臉型向後急退，濃縮成一個熟悉的面目和表情，他迷惘地說：「陳國懷？」

玻璃窗外的海灣中遍灑著陽光卻迷迷濛濛，兩人一起在金門當兵的形影突然歷歷在目，後來陳國懷還到紐約來找過他，但至少有十幾年疏於聯絡了，如今竟在此相遇，異口同聲道：「你怎麼會在這裡？」

向潮雄想起來陳國懷的祖籍是金門，八二三炮戰前許多在地百姓都被遷往臺灣，只有他做公務員的父親留在金門，他在臺北附近的眷村長大，雖然功課優秀，卻選擇回金門讀初中，一則是思念父親，二則那時他要做「真正的金門人」，但是讀初中時反而對愚民式的愛國主義產生反感，又回臺北去上了高中，大學時陳國懷比他高一屆，卻做了三年宿舍的室友，那時候陳國懷像是新潮文庫的股東，書架上都是像《逃避自由》、《羅素散文選》之類，主張獨立思考自由主義的書：陳國懷早在大學就很關心黨外運動，中壢事件發生那天，向潮雄在家裡接到電話，聽到陳國懷歇斯底里地說：「中壢黑箱選舉，現在反對派就要打進警察局去了，快點一起去參加民主聖戰！」向潮雄雖然也偶有些憤青思緒，但沒有強烈到想去衝鋒陷陣，所以陳國懷一個人趕去了臺北車站，卻發現裡裡外外擠滿了人，所有火車公車都暫停出發，找不到交通工具，只好到後車站吃了沙茶牛肉麵，打了幾桿撞球洩憤就回家了。

那時金門人可以回鄉服務四年來取代當兵，陳國懷卻選擇服兵役，除了不想長住金門，更希望盡早考上建築師，在職場闖出一番天地。陳國懷畢業入伍後，有一天赫然在學校出現，鼻青臉腫一隻手還吊了繃帶，原來他被分發到高雄，這次不用找交通工具，就被軍車送到美麗島事件的現場，獲令「罵不還口，打不還手」，做了國民黨政府所描繪的黨外暴亂分子憤怒的犧牲品。

「我們只能手臂勾住手臂，眼看人海衝過來亂棒打下來，你不知道那有多恐怖，莫名其妙就被打昏過去，等到我醒來，已經被打得頭破血流，躺在一個鐵捲門後的地板上，原來是一對母女怕我被打死，把我拉進她家做了簡單包紮。真他媽的！前一年是想去中壢打進警察局，後來卻被當做鎮暴部隊打！真是太反諷了，太後現代了，簡直是達斯丁霍夫曼演的《小巨人》的電影情節！」

那部電影向潮雄也是跟著陳國懷去看的，電影裡的主角是白人，被印第安人養大，又回到白人社會，一直在兩個社會中間浮沉和被夾殺，向潮雄問：「既然有救命之恩，你是不是應該娶那個女兒報恩？」

陳國懷的回答也是所謂後現代：「那個女兒還是國中生，我倒是對那位媽媽比較有興趣！」

等到向潮雄畢業入伍，受完訓抽中金馬獎，在料羅灣上了岸就被送到師部，擠在一間房裡排排坐，竟然是將軍師長走了進來，對他們這些剛受完訓的小軍官，簡直像是天神降臨了一般，師長頗知道如何緩和氣氛，先說了兩個黃色笑話，大家也捧場哈哈大笑，接著師長說他們實在是太幸運了，都要去參加花崗石醫院的工程，這是全世界最大的地下化醫院，完工的時候總統要來剪綵，還有一個火力發電廠的工程，也是金門未來的命脈，既然他們都是建築系土木系畢業的，就要在這裡學以致用，這樣的經驗，對未來的事業也一定大有幫助！

軍方本著絕對服從的奴性和使命必達的韌性，把工兵步兵單位的七長八短漢都抓來趕工，那附近沒有足夠的營房，借用了很多民房，他被分配到一個三合院內，會漏風漏雨的廂房，裡面有兩張雙人床，和兩張長桌，令他訝異的是桌上還架了繪圖用的平行尺。

一個體格高瘦面目端正的人坐在床沿看書是安德全，說話字正腔圓，像是室長一般分配了他的床位和書桌，語氣雖有禮貌，架式卻比師長還高高在上，另一個中等偏矮縮著頭趴在圖桌上是吳雙澍，非常投入他的工作，只是站起來和他握手說：「歡迎你加入國家建設的行列。」

令他不知道如何回話。他在整理行李時，第三個室友在門口大叫：「為了拯救苦難同胞，所有人都在水深火熱地趕工，你們倒在這裡乘涼？」

他抬起頭來和那人四目相接，兩人異口同聲地說：「你怎麼會在這裡？」那人就是陳國懷！

## 陳國懷

這就叫做有緣吧？我比原計畫提早回金門而向潮雄出關延誤，才會在過行李時撞在一起，否則都已塵滿面鬢如霜，一群人中還真不容易認出來呢！

在學校我比他高一屆，有同班的生病休學，空出的宿舍床位就是他補了進來，到了金門又和他同房半年！突然想起過年輕時的事，就像是一腳踩進了清澈的小溪，溪床的泥沙浮了上來，抓住一根水草拉起來，又拖出糾連錯結的根脈，沒完沒了，這就是回憶的麻煩，我們凡人隨時隨地都在篡改歷史，記得清楚的事可以改寫，記不清楚的事也可以現編，造別人的謠，造自己的謠，所以與其說是回憶不如說是如今的詮釋吧？

我服役的第二年，部隊剛被調防金門，我就被借調去參加世界最大地下化醫院的偉大建設。我一時誠惶誠恐深怕不適任，到了工地以後立刻發現，為什麼它是世界最大的地下化醫院，因為沒有人會笨到把醫院放在地下，沒病都可能住出病來。所謂地下也只是在山中打了三直三橫條的坑道，然後把病床都放在這些坑道裡面，工程談不上特別的難度，只是靠著人海戰術全天趕工，好幾百人忙進忙出，坑道裡粉塵瀰漫又不見天日，簡直和礦坑無異！

趕工數月終於放了一天假，我在營房正睡得昏天黑地，卻被緊急叫醒，原來這群驢兵太久沒出去，竟然忘了看到憲兵要走避，他們又很久沒理髮很久沒晒太陽，被以為是逃兵遭到圍捕，長官派我去憲兵營交涉，否則全被去關禁閉，不要說缺人做工，憲兵隊也人滿為患了！

我帶了兩臺卡車把戇兵載回來，竟然有個肥兵甲說，他寧願留下來關禁閉！他抽到金馬獎已經夠衰，一上岸就有一個靠夭的馬山連長林義夫游到對岸去了，金門像是地牛翻身，金東師和金南師換防，幾若日攏在演習，幾若暝攏睏馬路邊到背斷去。他入伍前有賢拜指導，下部隊的時候要你填什麼專長，按那就免一日到暗出操，他就對隔壁的浩呆填了塗水師，結果馬上被送到世界最大的地下化醫院工地，他一世人活到這馬，還沒有過這款苦命的日子！

這段歲月中和我最有接觸的就是三個室友，可說是一人一怪，向潮雄總是微微皺著眉頭好像在胃痛還是便祕的樣子，說起話來幾乎是三拳打不出個屁來！最早以為他是個自戀的笨蛋，熟識以後才發現他低調而有想法，雖溫吞也有耐心，他有個臺大理科的高材生女友，她大專聯考的分數比敝系錄取分數高出五十分有找，向潮雄應該是既自傲又自卑吧？據他說最大的障礙是她老爸，覺得女兒理應嫁給考上醫科的佼佼者，而不是「除了個子高，簡直一無可取」的庸人。不過有件事向潮雄絕對不必自卑，因為他睡在上鋪，他躺下去不久，鼠蹊部就像高射炮般堅挺起來，夏天穿薄褲如此，連冬天蓋棉被也一樣明顯，我們都戲稱為「升旗典禮」，直到鬧鐘響起床才會收竿，我曾建議他自我介紹的時候應該說：「向潮雄，向上的向，漲潮的潮，雄壯的雄！」他只會訕訕地笑，不過那時候他一定還是處男，不知道自己真是天賦異稟！

安德全是四人中學歷最好的也是最帥的，隨時毫無保留地讓人知道，他家是黨國核心人士，他要去國防部陸總部服役都沒問題，但是他堅持要下野戰部隊，豪氣干雲地說：「都是兩年時間，就當個貨真價實的兵，可惜現在沒有打仗，否則我一定上第一線去！」

我幫他補充：「那你和寫《麥田捕手》的作者沙林傑一樣，既是富家子弟又體檢不合格，還是去打了二次大戰！」

他聽了更是語出豪壯：「有這種人生體驗，才能成就大事業，所謂『一將功成萬骨枯』，這都是必要的犧牲！」講得好像他已經是巴頓將軍，所以如果他真的是將軍，我最好像海明威《戰地春夢》中的主角一樣去做逃兵！

總之，為了這個理由，安德全和我們「牛驥同一皁，雞棲鳳凰食」做了同居人。據說他的女朋友更是身世顯赫，父執輩都是總統身邊說得上話的人物，所以他未來還會更上高枝，直通廟堂，他常向我們洩露國家機密：「權力圈就像一把大傘，只有在核心的人才是真正的權貴，靠在傘邊的人，在下大雨時淋的雨比在傘外面的人還多！這些人就像門神，打開了門他在裡面，關了門就在外面。」所以我們都應該慶幸，雖然離權力的大傘很遠很遠，淋的雨卻比門神們還少一點！

吳雙澍最是爭強好勝，據他自己辦的路透社消息，在大學時每次設計評圖，老師們都驚為天人！凡有事討論他必以凝重的面色陷入長考，等到大家懷疑他是不是已經圓寂升天時，他才語氣沉重地說出他的看法，基本論調都是，為了世界為了地球為了國家為了社會，每個人都要像搏命的賭徒一般 **all-in**，否則就是對不起生命，滿口的利他主義，其實任何事情他都先盤算「對我有什麼好處？」，絕不會傻傻地白做苦工。

花崗石醫院快完工的時，從臺灣送來了又重又大的空調機，沒有人知道怎麼搬進坑道裡去，真的叫做「老鼠拖烏龜，找不到下嘴的地方」，那天晚上我們一面對抗無所不在的蚊群，一面七嘴八舌地仍不得要領，吳雙澍突然站起來激動地大叫：「不要灰心！辦法是人想出來的，國父寫三民主義的時候，比我們還年輕！」眾人都驚訝他在演哪一齣，回頭一看竟然是師長來視察，帶了一群跟屁蟲已站在門口，師長聽了大為動容，令安德全頗為吃味。

我們四個對很多事的觀念都是南轅北轍，唯一的共同點就是恨不能趕快服完兵役趕赴前程，每天晚上我們住的三合院總是一片寂靜，像是圖書館的閱覽室，只聽得到翻書或磨鉛筆的聲音，四個人各自晚自修，我準備考建築師執照，安德全在準備出國，申請頂級企業管理學位MBA，他決定不再念建築系這種沒發展的行業：「設計費是工程費的零頭，工程費又只是土地開發費的一部分，開發費又只是金融世界的一個環節，大丈夫創事業，就要找到這錢的源頭，大好頭顱只去管零頭，不是太不划算？」說完睥睨全室，儼然夏蟲不可語冰，燕雀焉知鴻鵠之志狀。

吳雙澍在準備轟動武林驚動萬教的作品集，向潮雄自慚形穢，也只好跟著讀書，其實大多都在寫情書，有一次他寫了一半攤在桌上被我瞄到，真是不知道是寫的哪門子情書？一開頭竟然直呼「周善敏」，既無濃情蜜意，內容也多是流水帳，不過大概也像是公司報稅做的假帳！當然也有諸多寒冷刺骨的晚上，大家鬼扯蛋喝酒吃火鍋，週末一起到街上看電影打牙祭，算著還有幾天才能退伍，煩惱女朋友沒有來信等等。

安德全不耐煩一封信來回要至少半個月，發現了鎮上有電信局，所以打電報給女友隔日就可收到回音，但是所費不貲必須字字珠璣，向潮雄也東施效顰打回家去祝爸爸生日快樂，不久收到回電：「勿再打來，嚇死人！父字」，顯然他老爸收到電報，以為是他在金門出了意外，只可惜回電報時不能同時寄上一巴掌，響響地打在這個傻瓜的蠢臉上！

我最先退伍，安德全是預官第二梯次，要比我晚三個月退，難得對我露出羨慕的眼光。吳雙澍從他圖桌上抬起頭和我握手：「現在是龜兔賽跑開始，我雖然比你晚退伍，可是你一不注意我就會超過你！」我的結論是吳雙澍終於承認自己是隻王八烏龜！

向潮雄還有一年才能退，我自告奮勇替他照顧女朋友，即使不慎變成接收也算肥水不落外人田，傻瓜聽了只是苦笑說：「她也拿到入學許可了，可能你還沒到臺灣她已經到美國了！」

所謂「兵變」有兩種，男生去當兵女生移情別戀，如果兩人都在國內還有救，如果女生已經出國就鞭長莫及，難挽狂瀾之既倒！我的結論是，向潮雄有再多特異功能，也免不了要退潮了。

我也還記得退伍時，船從料羅灣開出來，竟然有一群海豚跟著船，不斷地跳躍逐浪，我回望金門島，打開一瓶高粱酒，敬，三個一起吃喝拉撒聽著彼此的鼾聲入睡的同伴，敬！我們這群從小到大一路競爭的人生中插入了兩年的暫停與等待，敬！我們在集權社會操弄出的簡單邏輯，嬰兒化的自我思考能力，敬！我們向上的意志、野心、衝勁、貪心、急切、現實、執著、驕傲、自卑、深怕落於人後的簡單生命的目標，也要敬！一生中竟能與這一群即興表演的海豚們如此偶然地相遇。

## 渡輪

「不能坐在外面嗎？是怕難管理嗎？本來以為可以縱覽金廈水域的，當年我們坐去小金門烈嶼，好像都坐在甲板吹風。」向潮雄不滿地說。

「廢話，那時候是坐小汽艇，現在好歹也是上百人的渡輪。」

「我們那次是為什麼去烈嶼？後來船拋錨了漂在海上，我有時候想起，都不確定是不是真的有這件事。」

「當然有這件事，安德全說要用到一個特殊的測量儀，全金門只有一個在烈嶼，其實還不是找藉口去混一混，不然一個手提的測量儀為什麼要四個人去押送？安德全在那裡有朋友，安排了吉普車環島觀光，你還要笨說，小金門也滿大的，樹林後面還有山，人家說那不是我們的，是在廈門的山！我們去吃得朱門酒肉臭，你可能一半就醉倒了，所以根本不記得？」

他想起來那也是冬天，他們四個人都醉醺醺癱在船上，船到半途引擎竟然故障了，在逐漸黑暗的海中漂流，吳雙澍緊張道：「要是漂到大陸的話怎麼辦？」後來怎樣回到金門，真的完全不記得了，反正人生裡很多僵局和困境，好像都自己會找到解決。

船總算開了，幾分鐘後向潮雄問：「怎麼還沒到？難道又拋錨了嗎？」

「本來就要開半個多鐘頭呢，你以為有多近？所以你為什麼到廈門來？」

「你有聽過廣廈集團嗎？」

「當然，鼎鼎大名，大陸過去幾十年賺進的外匯存底，都利用房地產物化了，有辦法的人就拿得到土地和銀行貸款，如火燎原，蝗蟲過境，把舊市區郊區蓋了大片的房產。可是這幾年有些過頭了，大城市還好，三級城市一大堆空屋，這些企業先把錢都落袋了，問題讓銀行去擔心。不過這個廣廈集團是個殷實的企業，從福建起家，已經是國內一級開發商了，難道是他們找你們來的？」

「你這個表情，好像我們事務所很不配的樣子！」

「我當然知道歐氏事務所歷史悠久著作等身，可是我三十年前去紐約找你的時候，你不是就說你的老闆是第三代，一代不如一代，事務所的黃金年代已經過了五十年了？那現在不是八十年了？現在國內這些集團眼高於頂，消息也很靈通，大項目都辦國際競標，怎麼會要找到你們？難道要研究建築史？」

「或許真的就是這樣！他們買了一棟歷史建物和周圍土地，要打造一個廣廈自己要用的辦公園區，那棟老房子居然就是我老闆的爸爸，歐本海默二世在一九三〇年設計的，他們發現這家百年老店居然還在，就找上了門。」

「九十年前？諾亞的爸爸就從紐約跑到廈門來？」

「一九三〇年諾亞的爸爸傑瑞米先去了新加坡，設計了棟企業總部，業主是當地富商，也就是諾亞的外公，他外公是金門人，在廈門長大，幼時受過一位英國牧師的恩情，做完企業總部，又要傑瑞米去廈門，設計牧師的紀念教堂和紀念醫院，這次旅程中認識了醫院院長，也就是諾亞的媽媽，後來結了婚，諾亞小時候雖然聽過父母親講廈門的事，可是也不知道他爸爸在那裡有設計什麼，就去翻出了當時的圖和手稿，還發現他父親還在金門就設計了吳氏宗族會館。」

「廈門就算了，金門應該是誤傳吧？否則我怎麼可能不知道？」

「我本來也不相信，可是諾亞還找到了圖。」

他點開手機上諾亞傳來的圖像，陳國懷說：「那可能沒有蓋，不然就是拆掉了，你看圖上寫的小字，是在金門沙美，我們也去鋪過馬路的，不過這也太神奇了，他爸爸居然也和我們一樣，在金門從事過偉大建設？」

「諾亞說，一九三〇年世界經濟大蕭條剛要開始，他的祖父就嗅到了，所以派他爸爸二世到東方來，我小時候下圍棋，在攻防不急的時候要走幾步閒棋，看似沒用，到了決勝期卻可能有妙用，他祖父一定沒想到，竟然是在九十年後！」

「這算是祖先餘蔭吧？」

向潮雄卻有些無奈地說：「世界上的事也沒這麼容易，諾亞自從他太太過世，八年來總說要收掉事務所，連他的外甥都灰心了，在半年前帶了剩下的三個員工離開了，一開始諾亞也是不想做，後來去翻出舊資料，包括他爸爸的手稿、日記、照片，居然越來越帶勁，我找他外甥帶人回來，一起趕出方案，可是我飛過來做了簡報以後，廣廈的反應很平淡，也不說下一步要怎麼樣，前天卻突然十萬火急要我多留幾天，因為集團總裁星期一要從深圳過來親自聽簡報，不然我現在已經在回紐約的路上了。」

「他外甥我記得，叫巴比．高柏格對不對？我去紐約找你的時候，我們三個還一起去吃午飯，個子不高講話超快可是很幽默的。聽起來這是你們的機會啊！我聽過這個總裁姓修，頗與眾不同，滿有文化水平的，說不定是你們的貴人！可是你為什麼要去金門呢？你碰到我算運氣好，我有車，又熟，帶你去轉轉。」

向潮雄想，真是尷尬人難免尷尬事，隔了四十年還再發生一次，與其欲蓋彌彰，不如乾脆承認：「我說出來，你不要大驚小怪。」

陳國懷很認真地點了點頭，他說：「周善敏在社群媒體上發現我在廈門，她正好在金門，所以要我去找她。」

陳國懷哇哇大叫，驚訝又讚許，笑得眼角冒出淚水，全船艙的人都轉過頭來：「老情人重逢？你到底策劃多久了？我打賭這件事智媛不知道吧？向潮雄，你瞥了一世人終於有進步了！」

原來這就是他在陳國懷眼中的形象，他說：「你不要鬼扯！我已經夠麻煩了，這純粹是突發事件，智媛要我和巴比一起離開我也不聽，她說我是忠犬小八，主人不會回來了還每天到車站去等，三個月前終於忍無可忍，要我搬離開家，這次趕圖到一半，巴比不知道我和智媛形同分居，找不到我就去打電話找她，又跟她說，很多中國的業主都是來騙圖的，我卻一頭熱拚命要做，智媛本來就沒好氣，想起來我連家裡的房貸、兒子的學費都不關心，兒子上大學要打工畢業以後還要還學生貸款，我卻只會想盡辦法維持老闆的祖宅，新愁舊恨，就叫我兒子告訴我，等到我收到離婚協議書，簽名寄回去就對了！」

「這麼生氣？她知道你來廈門嗎？」

「知道！她覺得我沒拿薪水回去就罷了，還要倒貼機票錢來追求奇蹟，所以更生氣了！我也沒機會解釋機票酒店都是廣廈出的。」

「建築師就是這樣，不可救藥的樂觀主義，一聽到有項目，就像哈巴狗一樣準備撿骨頭。」

「其實我也覺得成功機會不高，廣廈對事務所有興趣，可能只是當做個佳話，可是我還是來了，不過我確實遇到了奇蹟，一個是在碼頭遇到你，一個就是周善敏居然會找到我！」

「這以前你們多久沒聯絡了？」

「三十六七年了吧？我其實對社群媒體其實根本不在行，可是她居然可以人在金門發現我在廈門！」

「人家是高材生，就是比你智商高很多，可是這也太厲害了吧？」

「我想，應該只有一個可能，我的班機是到上海再轉廈門，我在甘迺迪機場候機的時候遇到一對夫婦，兩個都是和我同屆的，見了面你可能也會有印象，他們在上海住了幾十年，他們邀我加入同屆的群組，太太和周善敏是高中同學，她在社群媒體上很活躍，可能就是這樣搭上的。」

「廢話！當然只有這個可能！可是她為什麼在金門呢？」

「她在簡訊裡說，她從東岸搬到加州已經三十年了，幾年前從製藥公司退休，半年前她爸爸開刀，她一直陪到現在，和大學賞鳥社的同學聯絡上，現在是候鳥季節，所以約了來金門賞鳥。」

「應該是叫她到廈門來，這裡熱鬧多了。」

「因為她說，從我以前寫給她的信，讓她覺得對金門也很熟，我們可以去驗證一下，她的記憶到底正不正確。」

「天吶！你到底寫了多少信給她？那時候我們都在念書和申請研究所，你埋頭很努力的樣子，其實都在寫情書，騙不了我法眼，既然我也是你情書寫作營的隊友，所以命中注定，我們要一起去驗證一下。」

正常人應該會問，是不是要我幫你叫車？還是拿我的車去用？只有陳國懷，他命中的電燈泡，總是在他和周善敏有事的時候出現，不但沒有迴避肅靜的意思，反而理直氣壯得好像逮到了現行犯！

## 圍城

難道真是命運在開他的玩笑？就在他要和周善敏重逢之時，不管是單方面或雙方面有沒有出軌的想像，為什麼陳國懷又會出現？

「我那次去紐約找你的時候，你不是說，周善敏在結婚前，還曾經跑到你學校，想看你是不是要復合，結果你不要？你這個人就是這樣，好像很隨和什麼都沒關係，可是為了你那個悶騷的自尊，還是拒絕了她。」

「她哪像你這麼小家子氣？那時候正好到我學校參加研討會，就約了見個面，我又哪有什麼悶騷的自尊？只是我雖然珍惜過去，卻不想再走一次了。」

船終於靠了岸，他們通關後到了一個暗淡的大廳，死白的日光燈由挑高的天花照在灰沉的地面上，室外強烈的陽光把室內對比得更為昏暗，也沒有看到周善敏，她臉書上的照片和年輕時沒有走樣太多，應該不至於認不出來。陳國懷也不知去向，不一時拿了兩瓶啤酒回來：「二月天氣這麼好，解個渴？」

「我還是一樣不會喝。」

他正想聯絡周善敏，卻聽了一個熟悉的聲音，輕脆卻不高亢可以唱女中音，準確清晰的咬字，她說話有一種韻律，雖然很輕快語氣又很緩和而親切，說話很快卻字字明白，像是日本料理店粒粒分明的米飯。

他回頭看見一團大陸旅客，拖著大包小包的行李，應該是要坐船回廈門的，周善敏正在發口罩給這一團人：「這次病毒和SARS一樣，也是靠口沫相傳，所以在室內一定要戴口罩，在船上也不要亂摸，有機會就切實地洗手，先生！不要把口罩放在口袋，我發給你就是給你現在用的，不用的話請還給我。」

那群人嘰嘰喳喳地終於戴上口罩，有人舉起手機高聲說：「武漢已經封城了！中央部隊都進駐了，規定不進不出，我有朋友最後一刻坐上車到深圳，他太太坐下一班車就沒能出來，街道都淨空了，連家門都不能出。」

「那沒菜了沒米了怎麼辦？要不要多買些吃的帶回去？」

「要是疫情控制不了，是打算讓武漢一千萬人全死在城裡嗎？」

「別胡說！你這可是煽動社會不安。」

「周大夫你是留美的，看看美國那邊怎麼說？」

「你們不是江西來的嗎？一時應該還到不了你們那裡，趕快回家做好準備最重要。英文網站說的，隨時戴口罩，多洗手，外面拿回來的東西都要清理過，預防病毒這是最有效的，不用驚慌！」

有些人陷入了沉默或是竊竊私語，有些人卻陷入了躁鬱而更加喧囂，向潮雄想，

「封城」這個名詞在中世紀大概就是劫掠和屠殺？是燕國大軍包圍莒城即墨？是撒拉丁大軍圍攻十字軍的最後據點耶路撒冷？是鄂圖曼帝國包圍君士坦丁堡？是湘軍淮軍要攻破太平天國的南京城？好像中世紀歐洲就發生過這種事，為了控制傳染，鄰城的人把染疫城市包圍起來，想逃走的居民就格殺勿論，但是現在封城是什麼意義？

她已經看到了他，但仍然像盡責的老師回答問題，那群人仍然在大廳大呼小叫，她終於撇下他們走向他，她的笑容在看到陳國懷時僵化了，像是被女巫詛咒變成了石頭，陳國懷卻笑得十分燦爛，好像是他自己遇到了老情人：「我是陳國懷！我們在向潮雄家見過一次的，好多年前的事了，如今你們都還看起來這麼年輕，我卻已經像個老阿伯了！以前我們當兵的時候，每個人都聽了很多其他人女朋友的事，隔了這麼多年都還依稀記得。」

周善敏轉為開朗說：「我當然記得，你們幾個的名字我也很熟，聽說你的女朋友後來有修成正果，名叫佳琦吧？因為他的信裡常提到你們，所以也像我的同學一樣，不過剛才那些話你多年前好像也說過。」

隔了幾十年居然說一樣的寒暄，陳國懷不但沒有不好意思，興致更有如點燃的成串鞭炮，沒有中斷的意思：「我們三個人居然會在這裡不期而遇，不是有緣還是怎樣？」

「我找他來金門，是因為他以前在信裡寫了很多事，好像也變成我的記憶了，你一起來正好，多一個見證，看看他當年寫的真不真實。」

「真的嗎？我還在想，是不是要趕快消失，不要做電燈泡呢！既然這樣，我們坐個計程車一起去我家開車，我帶你們全島逛一下。」

向潮雄心想，原來你還知道自己是電燈泡？不過電燈泡其實也有用處，因為沖淡了他與周善敏重逢的張力，不必一直盯著彼此找話講，周善敏指著陳國懷手中的啤酒說：

「你這樣不適合開車吧？我看你有些虛胖臉又泛紅，口氣有酒味，是不是有輕微酗酒？對不起，因為我也覺得你像是老朋友，所以直接說，不要介意。我看不如找一部計程車帶我們吧，省力又方便。」

# 電燈泡

一九八二年七月，向潮雄退伍回到家中，猶豫要找工作，還是回學校做助教，申請學校比較方便，但一直提不起精神。他的父母親都是一輩子的上班族，白天只有他一個人在家醉生夢死，家裡人只好假裝沒看到，等他自己振作起來。一天中午竟然接到周善敏的電話，她在美國研究所深受教授賞識，有研究助理獎學金，暑假本來也要上班，卻因為她的阿公過世，她特地請假回來。

他比她大一歲，因為建築系是五年學位而同年畢業，他當兵的第一年，她在學校做助教，在金門他寫信給她像是寫日記，他的心情與她回信的數量成正比。安德全見他因收不到信而沮喪時不屑地說：「人家又不在當兵，誰有那麼多閒工夫？你不是也要出國嗎？還不趕快準備，在等死嗎？」把自己看過的學校資料扔在他桌上。向潮雄知道刺耳的語氣之外，其實安德全是在拉他一把。

他當兵的第二年她已出國，起初兩人魚雁往返頗為勤快，她向他傾吐文化衝擊和失落感，他也非常狗腿地安慰她，但她來信的頻率隨著到美國的月份成反比，他知道她已安定下來，來信漸趨於零顯示兩人的關係等於無疾而終了。他在金門雖已習慣了寂寞和失望，但是退伍後回到家中格外沮喪，乾脆自暴自棄在家裡不死不活。所以他聽到她電話中的聲音時，不禁高興得痛罵自己，她果然是有事在忙，你真是一無自信心二無同理心。

「謝謝，我阿公的喪禮都有人料理，你也不用來祭弔，反正人很多……」

他知道她其實要說，如果去了遇到她家人會尷尬，她父親對向潮雄評論的全文是：「我看他除了個子高，一點長處也沒有，很放不開的樣子，以後一定沒什麼出息。」

她說：「我來看你好了，你在家嗎？」在他們交往期間，她一直避免到他家，似乎對兩人的關係頗有保留，此時他從麻痺狀態乍然清醒，有如冬眠的動物發現春天已經到了洞口，連忙把房間收拾乾淨。

開門時看到她的髮型變了，從以前的蓬鬆的燙髮變成修剪整齊的短髮，以前她的穿著都很普通，像許多發育較早的女生，稍稍地縮胸駝背讓胸部不要太突兀，此時的她則是鮮橘色的T恤和牛仔褲，顯露出她豐滿的胸部和修長的雙腿，原先粗黑框的眼鏡也變成了時尚的細框，看起來精神奕奕，出國後不是開了眼界，就是調整到美國的標準了。

他要入伍前，她很盡責地陪他去看了場電影，看了什麼電影全不記得，只記得看完了他抱住她吻了又吻，以往她在三五秒內就會推開他，那次是吻了十分鐘還是二十分鐘？總之是遠遠破了紀錄，這也是她第一次讓他緊緊的擁抱，他的胸膛充分地觸碰著她飽滿的胸部，他的陰莖膨脹到緊緊地頂住她，她一開始還想要在下身間創造距離，但終於放棄了，像是接受了他的示愛。

這次隔了近兩年才見面，坐了下來他才想到，老外見了面都要擁抱和吻頰，他應該在她一進門就擁吻她的，如今已錯失良機！她大概是準備喪禮有些鬱悶，慢慢聊到出國後新環境的豐富和她得到的啟發，心情漸漸開朗，終於說到她如今的男朋友名叫盧世誠，是她父親扶輪社友的兒子，比她還早兩年到美國留學，所以她當初申請到好幾個名校，她父親就積極鼓勵她去盧世誠念的這間大學，周善敏自幼是個順從父母意願的乖女兒（除了和向潮雄交往以外），所以也從善如流，顯然兩人已交往到很認真的程度。

只要是談到在乎的題目，她就會微皺起眉頭，這時候眉頭深重，他的醋意和自憐慢慢湧起，她很難過地說：「可是我回來前才知道，他和在洛杉磯的前女友沒有斷，也在他桌上看到機票，在我離開兩天以後就要去洛杉磯。」

他原想提醒她此話邏輯有矛盾，還沒有斷就不是前女友，但同時想到自己這個前男友還要充當前女友的婚姻心理諮詢，不禁更為自憐，但他仍像個窩囊廢般，靜靜地坐在一旁做最好的聽眾。

她突然意識到把他當做垃圾桶的行為很自私，就詢問他有什麼計畫。他說在金門擬了好多計畫，回臺北後卻氣力全無，找工作、準備托福和GRE考試，建築系特有的準備作品集，每天東摸西摸結果什麼也沒做，好像得了重感冒一樣。這不知是觸動了她的母愛本能，還是開啟了好學生的正面能量：「先找一件比較容易有成果的事來做，先準備GRE好了，念不下就去補習，先讀第二和第三部分，數學和邏輯，把這些分數穩住了，第一部分的字彙對我們外國學生最難，能得一分算一分，你們建築系能考一千七，一千八就夠了，再高人家也可能以為你加入作弊集團……」

這在開什麼玩笑？他哪裡需要在意分數太高？她的擔憂簡直是「何不食肉糜」。

「你的作品集應該沒有問題吧？你以前不是評圖都得高分嗎？開始做了嗎？」

由客廳就可以看見他房間的書桌兼繪圖桌，她走進去看到圖板上的圖：「這是你大四做的公車站，不是老師都說很好嗎？你要修改哪裡？」

「我選了三個設計，還有一個市場，一個建築系館，這些圖我都有保留，以前做的模型都有照相，只是格式都不一樣，我想至少整理到有一致性。現在有的人做得很誇張，送到印刷廠做成精裝本，像是觀光局做的宣傳畫冊一樣。」

他說的是安德全和吳雙澍，安德全即使不是申請建築系，卻保留了作品集的概念，做了一份像是要申請諾貝爾獎的簡要。吳雙澍更是誇張，像是精裝本的《錦繡中華》。周善敏說：「我記得，你在做建築系館的時候我們剛剛認識。」

她的記憶整理一定像是實驗桌上的試管有條不紊：「不過我覺得你不應該用建築系館。你不是說過，建築系的老師和學生，每個人都對系館有意見，十個人有十一個不同意見，第十一個是其他的人都不對？而且你比較擅長有實際需求的設計？像車站和市場，你還有什麼？」

她翻動他堆在旁邊的圖，他和她站得很近，可以嗅到她身上微微的香氣，用餘光看到她說話時輕輕起伏的胸部，她終於穿不是包到頸部的上衣了，T恤的尖領間不時露出她的乳溝，他伸手將她的身體轉向他，她露出驚愕的表情，她的面容不會令人用美麗來形容，單眼皮，中等大小的眼睛，因為多年戴眼鏡而眼睛有些無神，臉龐有些過長，因為門牙過大而上嘴唇微翹，似乎永遠微張著，但是她有種活力和氣質，加上體格算是修長勻稱，總是給人留下相當的印象。

他懊惱剛才為什麼沒有去刷牙，但仍然義無反顧地抱住吻了她，她的身體像是剛被漿挺的襯衫，但是在他鍥而不捨的舌吻之下鬆軟下來，他把她放倒在床上繼續吻，手在她的背上腰上摩搓，他在軍中鍛鍊了兩年的結實胸肌壓在她的胸部之上，突然的衝動引燃了難得的膽量，將她的T恤連胸罩掀起，露出她豐盈挺立的乳房便吻了上去，她輕輕啊了一聲，但也任由他的親吻和吸吮，隔著褲子他的陰莖應該已經在她的陰道口，他緩緩地在兩人的鼠蹊部摩挲，隔著褲子隱隱做出性交的暗示，周善敏閉上了眼睛全身動也不動，好像已經睡著了，既沒有歡迎也沒有反對，在她這樣保守規矩的女子，這應該就是百分之百的放行了吧？他把手移到她長褲的腰帶上，卻不知為何緩慢了下來，他由方才純然的衝動，突來出現一道莫名其妙的思緒，難道他由青春期發育開始對男女間情事的想像，就要在此時發生嗎？就像是《鹿鼎記》中渾人主角韋小寶的話「大功告成」了嗎？

突然門鈴響了，他的家人都用鑰匙就進門了，所以絕對是不速之客，他才一抬頭，她就一骨碌起身把胸罩和T恤拉了回去，他唯一的機會已在指間溜走，他只有去打開家門，竟是滿頭大汗的陳國懷。

這也還是要怪他自己，陳國懷退伍後已工作了一年，發現他精神不振便經常打電話乃至上門為他打氣，那天也是路過特地來看他，這樣的義氣，卻成為他人生大事的攔路虎，陳國懷見到了周善敏，眼珠子幾乎衝破黑框眼鏡：「你不是已經出國了嗎？雖然我們第一次見面，可是因為這傢伙天天提你名字，所以我覺得也和你是老朋友了！我還是不要在這裡做電燈泡！」

但是電燈泡不但沒走反而越開越亮，坐了下來問長問短，向潮雄坐在一旁，方才胴體接觸的熱度久久不退，但也知道即使陳國懷走了，也不可能繼續播放錄影帶了，只能在自己入生的窩囊廢紀錄上多加一筆。最後三個人閒聊了一陣，周善敏也不要他送，抓到個空隙一陣風地走了，反而是陳國懷拉了他到夜市喝啤酒聊天：「你們原來不是在親熱吧？老實說，我有沒有壞了你的好事？哇！她真的和你形容的一模一樣，好像是理化老師，有點太嚴肅了一點，不過你不要說我低級，身材是很棒的，胸部有料腿又長，這不正是你喜歡的？哇塞！這個什麼世交的兒子算什麼東西？還敢腳踏兩條船！一定是個自戀又被寵壞的媽寶，不要讓他！烈女怕纏男，她會來找你就是希望你這樣！而且這對她也好，你即使沒什麼出息，卻實在是個好人！」

想想當兵同房間的四個人，就是他最胸無大志，走到哪裡算哪裡，不論是隨遇而安還是隨波逐流，即使陳國懷沒有來按門鈴，他或許也沒辦法「大功告成」。

這以後他就去找了工作，晚上和週末準備申請學校，因為已經清楚地認知，盧世誠在她心裡的分量遠遠超過了他，無論是不是因為她父母的背書，或是因為他們的職業都是醫學類。他已經是把祝英臺輸給了馬文才的梁山伯（而且這個馬文才不是飯桶和蠢蛋，反而比他優秀得多），他後來沒有主動去找她，因為打電話過去如果是她父母接的，只會撞上無言的嚴肅和尷尬，她在回美國前也沒有再聯絡，那天的事好像深夜落下的一場急雨，到清晨時只在地面留下似有似無的水痕，成為分量不足的證據。

## 舊地重遊

他們在停車場找了一部計程車，司機也姓陳，陳國懷自稱為鄉親同宗，陳司機卻說：「我們金門最大姓就是陳。」一副不想被高攀的樣子。陳國懷坐在駕駛旁的前座，讓兩人坐在後座。她在手機上看著地圖說：「我這幾天把你那些信又看了一遍，路途我已經規劃好了，先去夏興，看你們住的三合院，廢棄的花崗石醫院和火力發電廠，再去山外鎮上看你們會去的電影院，常去的餐廳，和打電報的電信局，然後去田埔九孔養殖場，最後到旅館吃晚飯，你們當年有活動的地方就是這些吧？」

「他的信你留了四十年喔？真是了不起！還掃描在手機裡？真是用心良苦！」

陳國懷的雙眼圓睜，眼珠子滾動如兩顆彈珠，她卻全不在意，看著手中的 iPad 說：「你信裡說，你們營房附近有個米粉嫂，幫阿兵哥縫補和洗衣服，也炒米粉給你們做宵夜，所以大家叫她米粉嫂，她的小孩都去臺灣讀書，靠她一個人就在臺灣買了好幾棟房子，不知道她還在不在？」

原本沉默的陳司機卻開腔了：「你們也知道米粉嫂？她還健在，只是搬到臺灣跟小孩住了。那時候像米粉嫂這樣的人也不少，在金門刻苦耐勞，把小孩送到臺灣讀書，在那裡置產，開放以後又跑到廈門去買房。金門人從來就是哪裡有機會就去哪裡，早年出海去南洋，後來成為戰地，不管有多少苦都要想辦法活下去。」還好夏興已經到了，三個人下了車東張西望，那司機到一旁去抽菸，把方才的悲憤化為飛煙。

「你有封信裡說，」向潮雄想今天她這句話恐怕要講上百次：「終於到了工兵營，結果不是在兵營，而是在一個傳統三合院，所以這個三合院是哪一間？米粉嫂是住哪一間？」

他只記得當年的夏興似乎只有一條往上坡的小街，有的房子面對小街，有的則在和小街垂直的巷弄裡，他們前後走了一圈，但也看不出哪間是他們住的三合院，哪間是米粉嫂家。「我怎麼記得以前的房子比現在多？米粉嫂家是在一條巷子，我們住的三合院好像比這些大？」

陳國懷說：「我也好久沒有來這裡，你看這些老房子很多都整修過了，可能有些太殘破就拆掉了吧！」第一站就稀里糊塗，她似乎有些挫折感，只好往下一站火力發電廠。

向潮雄說：「花崗石醫院在半山上，快完工的時候，我們被派到山腳去做火力發電廠，要打三條坑道應該是放燃料還是放機組吧，後來又蓋了一個宿舍。」

車子轉了幾個彎就到了火力發電廠，但是大門深鎖。他們按了門鈴，一個胖胖的年輕人開了門，向潮雄不知道那裡來的力氣，連珠炮似地說：「你這麼年輕，我們在這裡做工的時候還沒出生呢？山邊那三條坑道就是我們打的，還蓋一棟兩層樓的宿舍，我們隔了四十年才舊地重遊，可以進去參觀嗎？」

年輕人面有難色，但擋不住白頭宮女或是老兵們的執著，只好讓他們進去：「坑道在最裡面，你們只能在這裡看一看，裡面是管制區。」

偌大的空地都放滿了冒著白煙的發電設備，只能隱約看到當年環抱空地的山壁，陳國懷說：「看起來宿舍也拆掉了，不過金門到現在也只有兩個發電廠，這是其中之一，我們也算是建廠元老！」

告別了火力發電廠，司機才開了三分鐘的上坡路，就轉進了熟悉的花崗石醫院前的廣場。三個坑道口是當年做的半圓拱門，嵌在淡黃巨石塊之間，山坡上的樹和灌木已長成了氣候，讓拱門顯得小了許多，唯有「花崗石醫院」五個字的金漆還沒有褪盡，坑道口都用鐵欄竿封了起來。陳司機警告：「不要太靠近，裡面很多蛇，連蟒蛇都有，還鬧鬼，因為醫院死過很多人。」

陳國懷說：「那時候會死人都是軍中暴力事件。醫院剛完工的時候，就送了幾十個血肉模糊的傷兵來，有衛兵發瘋了，吃晚飯的時候衝進餐廳掃射，那天就不知道多了幾條冤魂。」

平陽廣地光天化日之下似乎籠上一層烏氣，周善敏說：「向潮雄有封信裡說，本來金門到處都是蛇，據說有一支廣東部隊來了以後，就把蛇吃到絕種了。沒想到現在又有蛇了，也算是生態復育。」

陳國懷說：「這都是好事，年輕人不必再為了人類的愚蠢消耗歲月；野生動物多了，周善敏才會來金門賞鳥，不然我們也不會見面！」

陳司機說：「以前金門號稱有十萬大軍，所以才會蓋這個醫院！現在不到五千，整個島變成國家公園了。」

空蕩蕩的廣場也沒太多事值得憑弔，他們坐上車，不多久就來到以前稱做山外的金湖鎮，陳司機依指示，經過了電影院、小吃店、電信局，街市雖然有所擴張，還是似曾相識，一片偌大的水面是太湖水庫，周善敏指示停在一間嶄新的飯店前，她已在那裡訂了兩間房間，問他說：「你要先把行李拿上去嗎？」

「不用了，我就只有這個提袋。」

但是她總是為人著想，說太晚進住會造成旅館的困擾，他也只好把進旅館去放行李，陳國懷去買了三杯咖啡回來，周善敏說：「都是有加牛奶的嗎？向潮雄以前喝牛奶就會拉肚子。」

「在美國我都喝不含乳糖的牛奶，反正都買了，應該也還好。」周善敏由皮包裡找出胃藥給他，陳國懷看得在一旁偷笑。

周善敏的下一站是田埔，以前他們坐吉普車走戰備道路要坐很久，而且下車時屁股像是被打了五十大板，如今計程車走柏油公路，咖啡還沒喝完就到了。

「我記得以前田埔連在一個小半島上，敵軍登陸的話就像一個堡壘一樣獨立作戰，好像進去的路是上坡。」

陳司機說：「那是往左手邊上去，你們講的九孔養殖場在右邊那裡，」海岸邊出去幾十公尺的水中，果然看到四面傾斜的牆，像是一艘狼狽的沉船，或是個破掉的浴缸。周善敏看 **iPad** 說：「你有封信裡說，每天灌完漿就開始漲潮，退了潮水泥都沖走了一大半，日復一日，像是薛西弗斯被冥王處罰，每天把巨石推上山，一到山頂巨石就會滾下來，第二天他就要再推上去，永遠沒完沒了的苦役。還好臺灣送來了快乾水泥，終於進三步退兩步地做完了。」

陳國懷嗤之以鼻：「居然用這麼文青的比喻！一定是偷看了我的藏書《薛西弗斯的神話》！」

她問：「到底是誰的主意，要在這裡養九孔呢？」

陳司機卻冷冷地說：「聽說是那時候總政戰部司令，說是軍隊也要生產。後來也養不出九孔來，長官視察的時候，只好買九孔來放在池子裡，讓人潛下去撈出來交差。後來有人養其他海產，好像還有養出來！」

「真可以說是『那些年，我們一起浪費的歲月』了！」陳國懷想到這裡感慨良多，不禁對向潮雄說：「你知不知道，安德全被指控淘空公司，出事的時候被限制出境，聽說是由金門，經過小三通的漏洞到大陸，再輾轉去美國的？」

「他這樣傑出的人，平平順順做也一定會很有成就的，為什麼要淘空公司？」

「誰知道？他在美國頂尖商學院拿到學位，又娶了權貴之女，當真是『遙想公謹當年，小喬初嫁了，雄姿英發』。畢業後先在華爾街工作，而後回到臺灣做外商公司總經理，後來又入主上市公司，從此成為工商界具有爭議的人物，遊走在合法邊緣的經營方式，有人推崇他的膽識和創新，可是更多人說他是操弄股市五鬼搬運等等，據說他出事以後，由金門大陸輾轉到紐約，一直藏身在他俯瞰中央公園的豪宅，雖然不愁錢，但壯年做寓公，對他這樣喜歡呼風喚雨的個性十分難熬，突然有天從家裡跳了下來，驟然結束了大起大落的一生。」

陳國懷說完了馬路消息，自覺為周善敏做了安德全精要的簡報，沒想到向潮雄竟說：「五年、六年前吧？我在紐約的現代美術館碰到過他！」

「真受不了你！不問你就打算知情不報嗎？」

向潮雄倒好整以暇說：「你知道 MoMA 那個美術館的設計，其實更像是購物中心，看藝術品不容易卻到處看到人。他大概也看到我了，雖然蓄了小鬍子戴了鴨舌帽躲躲閃閃，我還是追了兩層樓的電扶梯和他對了面。他看我只是想敘舊才放鬆下來，破冰之後反而說個不停，把國際局勢、經濟動態、各色人物都評論了一番。我想起以前在金門的夜晚，他偶爾發表議論，見識寬廣充滿魅力，你和吳雙澍常和他拌嘴，我卻聽得很過癮，那天也一樣，我們一直聊到傍晚美術館打烊，好像過不久他就自殺了。」

「據說他最氣不過的，就是他的這些作為，後面有一群藏鏡人出點子雨露均霑，出事後這些人全都切割得一乾二淨。他習慣了高來高去，在看守所待了兩個月就已經快發瘋了，不願留在臺灣慢慢打官司澄清責任，放棄了高額保釋金，選擇了潛逃出國。」

這時候，向潮雄居然說出了驚人的觀察：「這麼說，原來站在雨傘邊上，淋得最溼的門神竟然是他！」

當兵時他們都恨不能趕快離開金門，但是經過了不同的人生道路，竟然都再劃過這塊水面，陳國懷回鄉療傷，吳雙澍到對岸找頭路，向潮雄從世界另一頭來提案，安德全卻經由這裡走上了他的終程。陳國懷望著瓦解在海中養殖池說：「唉！真是臨水涕泣，不知所云了。」

## 吳雙澍

我聽說陳國懷對我很有意見，說我做了官就故意修理他，還說我一直忌妒他？這真是天大的笑話。忌妒是弱者對強者的自卑反應，可是人生中無論哪個階段，他曾經比我強呢？從大學開始，我的設計就出類拔萃，在六校聯誼展覽也是最出鋒頭的，即使出國讀研究所，我在評圖的時候也是舌粲蓮花，老師們只能坐在一邊點頭，更不要說我到世界頂級的事務所，參與了舉世矚目的博物館設計，講給他聽都未必聽得懂！他只有一件事算是贏過我，那就是他當完兵就考上建築師執照，可是考試制度不過是個不得已的衡量制度，也是扼殺創造力的最大元凶，所以他覺得比我優秀，只因為他是井底之蛙！

我把他的案子停掉，實在是他的設計太差，看不到和國際著名博物館相似之處，他靠著和前朝的好關係拿到案子，不能符合偉大城市的標準，我把世界級博物館的絕學教他幾招，他不但不受教反而惱羞成怒，說設計早已經被（前朝）市府通過，合約上沒有再修改的必要。我雖有雅量，卻引起屬下的公憤，虧他做公共工程這麼多年，居然不知道官字兩個口，公共工程的合約都是不平等條約？公務單位可以提各種沒有答案的問題，文來文往，合約時間卻一直在跑，到違約的時候是你急還是公家急？所以他自毀長城，能怪誰呢？

他後來又說，我只喜歡做檯面上出鋒頭的事，局內事務都交給一位女事務官，對她言聽計從，還說我其實很怕她，因為她和某個市議員關係深厚，很容易透過市議員修理我，這都是空穴來風，我當時是最紅的局長，市長都敬我三分，我會怕誰？

市長問我為什麼要廢掉這個合約？我說偉大的城市不應接受次等的設計。我把陳國懷的背景據實以告，他是金門人，當年還是鎮壓美麗島事件的部隊一員，他靠著和前朝市府有關係拿到此案，設計審定的過程也有瑕疵，連法規都申請了特許通過，所以有不合法的疑慮。市長一聽就同意把案子廢掉了。

他又不肯接受市府調解委員會的決議，拿點補償金走路，非要鬧到法院不可，結果纏訟多年得不償失。我看他乾脆發揮考試長才，去考上律師執照好了！

他後來還批評，說就因為我到處修理人，所以局長沒被續聘，我堅持設計品質有什麼不對？公共工程都被這些 no-talent asshole 做完了，這個偉大的城市還有什麼希望？所以所有案的設計都要我親自同意，週末召開設計檢討會，做不出來就我替他們做！我日夜加班免費提供優質的設計，有假期就自費出國觀摩，每次都是幾天之內跑五六個城市去取經，國際媒體都在等我把這些鉅作孵化出來，要做大幅報導，到那時誰是臺灣之光？但就是這些小鼻子小眼睛的人，找市長議員媒體陳情，原來裝作是識馬伯樂的市長，到這時候也沒什麼脊梁，讓我的壯志未酬，不過這是市民的損失，因為美好的仗我已經打過，該為臺灣盡的力我也盡了，我也可以專心於我的事業。等我拿到國際大獎，甚至建築界的諾貝爾獎——普立茲克獎的時候，再來議論誰對誰錯吧！

# 陳國懷

我退伍沒多久就考上建築師執照，躍躍欲試要闖出一番事業，前面十幾二十年也頗為風光，但是最重要的一個美術館，在投入了好幾年心力之後，市府換黨當政，工務局長竟然是吳雙澍出任，我們雖然沒有特別好也沒有什麼不愉快，他剛從美國回來時偶爾會找我，問法規的問題，推薦顧問或營造廠，甚至要我介紹建設公司的業主，我都從沒有藏私，我不覺得他欠我人情，只是同行的良性的互動而已。

我沒有期望他幫忙，但以為他至少不會找麻煩。這個案從得標開始已經進行了將近三年，開了無數個專家諮詢和審查會議，經過不勝枚舉的各種審議程序，連施工圖說預算都已審核通過，正在招標營造廠，一切上了軌道，所以也不需要任何的幫忙。

沒想到他把設計從頭嫌到尾，說是前朝的核可無效，要從初步設計重新開始，還勾了諸多草稿要我照辦，我也想盡辦法在不動大格局下做調整，但是他也不願見我，凡事派出一位皮笑肉不笑的女事務官，提的都是莫須有的議題，就是不讓往下走。我直接打他手機，他竟然說：「我相信她的看法，你是廠商，所以你說的話我全不相信，以後也不要隨便打電話給我。」

我才發現這是他的本事，他遇到政客時是專業人士，拚命講專有名詞，政客就會尊重他是專家；遇到同業時就成了政客，動輒施用政治壓力和十足的官威要你就範。因為只喜歡主導設計出鋒頭，不愛處理公部門的繁瑣行政，把行政都丟給這個女事務官。張愛玲說，人世間每個角落都有小暴君，我們這個雖是民主制度卻擺脫不掉奴才文化的地方，也永遠不缺乏奴隸惡犬，這位女事務官正好找到了發揮天分的機會。

後來聽說吳雙澍跟市長說，我和前朝官員有勾結，編的工程費浮濫，甚至用特殊手法取得建築，有不合法之嫌，所以市長同意終止合約。其實他連建築法規都不深入，不知道性能分析和審查是特殊建築物的程序，美術館著重空間流通，不能到處做牆壁提供防火區劃，這是比拿建築執照困難多倍的工作，被他說成走後門。當年這位國民黨當權時的順民，開口閉口三民主義的弄臣，卻把我描繪成前朝餘孽，把自己標榜為追打弊案的熱血紅衛兵！

他同時找了些蛋頭學者、意見領袖在網路上攻擊我的設計，我的事務所像是過街老鼠，各種惡評如火燎原。這就是網路世界，只要鼓動足夠的人數，什麼樣的霸凌和攻擊就成為他們的權力了。只要一群人講得彼此相信，就是絕對的真理，不需要邏輯和客觀的論證，所以也無法在世界舞臺上與人討論，不過政治界也差不多，只要把島上這群人騙得團團轉就好了！

我本來也打算經由市政府的調解委員會終止合約，沒想到這位女事務官，用最苛刻的條件解釋，而且先下手為強，先去法院告我履約過失，要把已領費用先吐出來，再支付延誤造成的損失，包括吊銷我的建築師執照。吳雙澍只做了一任局長就下臺，這個官司卻一路打下去，五、六年下來讓我身心俱疲，業務一蹶不振，我太太也對我的堅持不諒解，其實我哪裡有堅持？只是不願被趕盡殺絕而已。

我放棄了臺灣的業務回到金門，做些小住宅和修古厝，閒暇間於金廈漳泉之間尋訪千百年來的變遷，不是為了著書立說，只是自娛娛人而已。年輕時候的激情像是火山口的水潭，半沸騰地升上天空，就業以後的衝勁像是奔流的河，一瀉千里直奔廣闊的汪洋，中年後的逆境像是無法到海，就在沙漠中乾涸的河，可幸還有金門這個奇怪的故里，被冷戰和軍政扭曲了幾十年後，成為一個沒有被商業吞噬的野地，像是新疆的地下水和坎兒井，讓我還在葡萄藤下乘涼。

幾十年過去，我留在國內，人生如滄海桑田，向潮雄旅居異域卻變化甚少，他說開會時，聽到吳雙澍也曾去廣廈爭取過業務，不知道現在的切入點是什麼？莫非中共發展閩南地海西計劃就是三民主義的實現，而他就是三民主義的先鋒？不過我並不記仇，不是我要假仙做濫好人，只是常想為什麼他當年下手如此之重，無冤無仇卻要置我於死地？他也不是什麼壞人，只是在競爭激烈的洶洶人世中，突然控制不住心中湧冒的蠻橫而「惡向膽邊生」，但是如今我已到了領敬老卡的年齡，不再對人世間的分位有任何的強求，至少可以自我調整，讓心中流露出來的善意多於狠戾了吧？

我們都是那個年代，小資產階級的標準產品，像是電玩遊戲裡被設定了行為模式的角色，不斷在學業、事業、財富、成就追求勝出，是為「貪」；求之而不得，無法成為諾貝爾獎得主、賈伯斯，或麥可喬丹，得到黃金屋顏如玉，就悔恨自責遷怒於別人，是為「嗔」；不知道自己的極限而強求，以為這是上進和積極，像是安德全永遠在追捕鏡花水月，是為「癡」；小有成就的志得意滿，自我膨脹以至於傲慢偏差，造成別人和自己的傷害如吳雙澍，是為「慢」；人生不得意十之八九，終至對別人對自己失去信心如我，是為「疑」；這種可笑的集體人格，讓我們像是如來佛手掌心的孫悟空，終其一生，都跳不出佛家的五大戒！

# 梅樹堂

廣廈集團的辦公大樓位在廈門市中心精華區，區內許多豪華時尚的新建大樓，雖然有些欠協調感，但花錢絕不手軟，可以讓諸多美國城市汗顏。市區內還有不少源自三十年代的老建築，仍是熱鬧的商業區，到處貼著「臺灣小吃和紀念品店」、和讓向潮雄訝異的「臺灣特產榴槤」的廣告，大陸近年推動國內旅遊，廈門也是重點，讓內地遊客覺得雖然未到臺灣，卻可以買到真假土產，也是門生意吧？

舒經理問他：「梅林教堂你昨晚來過了吧？還要進去嗎？」他順著舒經理的手指方向，看到路邊一小巷轉折後，就是昨晚找了好久的梅林教堂！

昨晚他依照手機指示，由海邊的鷺江道穿進曲蜿的巷弄，走過正在收攤的市場，一個個鐵捲門嘩啦啦地拉下，街面上越來越昏暗，沖掃街道的水帶著魚腥滾滾而過，他像是三級跳選手九轉八折，還是找不到教堂，直到兩個年輕人把福音傳單塞到眼前，才發現已站在教堂前面！

兩人熱切地邀他進去參加活動，他們的熱情讓他頭皮發麻，但既然找到了歐本海默二世傑瑞米的遺作（除了遺留下的作品外，還有被遺忘的意思）總是不能不進去。他比對諾亞寄給他的設計圖影像，除了殘破還不算相差太多。原本的設計非常簡潔，巨大的三角山牆，正中央一個半圓拱，拱下用紅磚砌出一圈圈同心的半圓，坐在下方有一根石梁之上，上面有個浮出牆面的金屬十字架，石梁的下方中央有一根同樣石材的柱，柱的兩邊就是教堂的入口，柱後先有一個半戶外的玄關，分為兩道門進去。據傑瑞米在素描旁的紀錄是：「當地民風保守，雖是已受西風點化的基督徒，也堅持男女座席和入口都要分開，與吳小姐思維相去甚遠，故有此方案，於拱門下置一中柱，過拱門後為玄關，玄關後的牆面上開二門，玄關內是否分要用隔牆分開，端由會眾日後決定。」

他進去了發現，裡面原來山形空間也被一個平頂天花遮掉，失去了原有高聳的個性。裡面在查經的人見有訪客都喜出望外，圍著他表示歡迎，他只說是臺灣來的建築師，見到這樣有趣的老建築很好奇，他們也很樂意帶他參觀。傑瑞米的意圖十分簡潔，一個山字形的空間直通到底，到了底端才有兩個側翼房間，底端原本有彩色玻璃的長窗，但如今已被蓋住，只在牆上掛了個十字架。他問能不能到牆後面看看，他們似乎面有難色，說是去後院要經過翼房，但是堆滿了東西，他說：「有些教堂會有彩色玻璃的大窗，讓東邊的陽光照進來，這道牆也面東，說不定也有呢？」這才引發了那些人的好奇心，打開了側翼的房間，把堆放的桌椅和聖誕飾物移開，打開了通往後院的門。

後院只有三四米深，一道高聳的磚牆後面，蓋了棟十幾層的高樓，高樓面對教堂是雜亂的後陽臺，教堂後院裡也散布著拋落的雜物，甚至有一臺已經腐蝕的窗型冷氣機，在這個寸土寸金的地皮上，房地產炒作的腳步早已淹蓋一切，教會有如圍城一般，要把洶湧的浪潮擋住，才蓋了前院的和後院的圍牆。

仗著手機的小燈，他看到後院的窄地裡立著一棵大樹，樹下竟有一塊石板，石板上的文字已被打壞過。有位年長的教友說：「有人說這是建堂的英國人葛牧師的墓，也有人說這只是紀念碑，因為上面的字就破壞掉了，所以也沒法查證！不過這棵梅樹是牧師親手種的，以前這後面是一片梅林，地都是教會的，所以叫梅林教堂或者梅樹堂，現在就只剩這棵了。」

他忍不住說：「這應該不是那位牧師的墓，因為如果以前一片梅林都是教會的，牧師的墓就不可能蓋這麼近。」

諾亞翻了他父母親的資料，發現葛牧師在年老時回蘇格蘭去了，他一時嘴快說了出來，還好圓得沒太大破綻，他用手機燈沿著樹幹往上照，通常梅樹都是向寬廣處長，但這棵樹夾在建築物中間，不得不向垂直長。

他仔細看教堂後面的山牆，或許是曾經漏水過，整面都用水泥塗抹成灰色，但也應該是相當久以前做的，因為局部已經剝落，隱約可見一個尖拱的長形窗框的形狀。教友們都陷入驚訝和喜悅之中，有人想起曾在老照片中看過，從而陷入熱烈的討論，有的人說應該打開把尖拱窗再露出來，有的人卻說打開也只能看到後面的醜陋的高樓。他趁機會抽身，像是電影倒帶一般，由後院到翼房到主廳到前院再回到市場。街上的商店幾乎全都打烊了，只剩幾片骯髒的窗戶後透出微暗的燈光。他原打算右轉循原路回去，乍見左邊車燈頻頻掃過，才知道被手機騙了，走了最近卻最難走的路徑，其實有條大馬路就近在咫尺，就是現在舒經理車子所在的位置。

他回舒經理說他已經進去過了，直接去醫院吧，又在車上說了昨晚經歷，舒經理笑道：「你這麼來無影去無蹤，又說了這麼多教堂的典故，他們可能以為你是條遊魂還是先人顯靈呢！」

車子從市區出來不遠，轉上一個山坡，就在一個平地前停了下來，附近有些差參錯落的住宅樓，他看了看手機上的衛星地圖，原來在廈門島南邊的萬石山最靠近市區的一側，萬石山上面有諸多寺廟，鼎鼎大名的南普陀寺也在其中，當初吳總裁給傑瑞米的任務，是在葛蘭特牧師的教堂原址擴大成為紀念教堂（他昨晚去過的梅樹堂），和在郊外建一個紀念醫院（現在所在位置），只是當年的郊外，如今距市區開車，只是十分鐘車程了。

眼前的林木之間立著兩棟長條房子，一樓的外廊是一個接著一個的拱，二樓牆面退出連續的陽臺，斜屋頂由牆面伸出頗深的挑簷。照諾亞找出來的資料，全棟是磚木所造，磚牆再抹上灰泥和油漆，樓板和屋架都是木造，尤其斜屋頂竟然是像是斗拱的木架，經過九十年，還沒有走樣太多。向潮雄細讀諾亞傳來的他爸爸傑瑞米九十年前的筆記：

「這裡的匠人有深遠的傳統和高超的技藝，尤其是砌磚和木構架。他們的砌磚結合了傳統和西方砌法，做磚拱磚雕都難不倒他們，但是最有趣的是木工，他們稱為斗拱，幾乎全部不用釘子，每個稱職的木工都會，我拿掉了複雜的部分，畫了素描給他們看，引起了他們面紅耳赤抓耳撓腮，吳小姐告訴我『他們說，這樣做魯班祖師爺知道會生氣，房子會倒的』，他們被逼得也學我拿鉛筆畫他們的想法，還有一位老先生堅持用毛筆畫，他們都是聰明又靈巧的人，所以才能出師成為木工，很快就可以掌握用素描傳達想法，我們比手畫腳了兩天，終於有了結果……」

如今有些木架已經用鐵架取代了，木材天花換成了金屬企口板，破損的牆面也塗上了粗糙的灰泥。

舒經理說醫院這塊土地，幾十年來都是某公家機關使用，直到機關搬去城內之後釋出，廣廈集團在修總裁指示下，第一時間就用高價標了下來。土地面積頗大，除掉山勢較陡的部分，做一個辦公園區仍然綽綽有餘。

基地的狀況和他們在紐約想像的也相去不遠，向潮雄仍然用照相和攝影記錄了轉傳給諾亞，早上剛下過雨，草葉上都帶著粒粒分明的殘雨，映著雲層透出的日光，像是千百個窺伺著的眼睛在觀察他的舉動，在微微的冷風中巧巧顫動。他突然注意到寂寥靜止的周遭中，竟有一對雪白的鷺鷥，在山邊的草地上望著他，他舉起相機拍了幾張特寫，舒經理說：「鷺鷥有什麼好拍的？我們廈門本來就叫做鷺城，還有條鷺江大道呢。」

## 吳氏會館

車子在沙美的房子中鑽來鑽去，向潮雄說：「這裡好像我們來過？」

「當兵的時候我有一本《金門民居建築》，其實作者只比我們大幾歲，在金門當兵的時候用攝影和手繪記錄了老房子，退伍以後整理成書，那時候一放假我就拿了書按址尋訪，你也有跟我去過幾次，金沙我們絕對是來過的。」

陳國懷指著四下說：「傳統民居有兩種，最古老的閩南式的三合院，還有南洋華僑發跡了蓋的洋樓，菲律賓華僑都是西班牙式，越南都是法國式，馬來西亞是英國風，其實都是不中不西的，沒有一棟看起來會是歐氏事務所設計的。」

向潮雄點開手機，都是諾亞的爸爸傑瑞米的手稿，這棟兩層樓是一個對稱的設計，立面分成三個部分，中央主體是平屋頂，似乎可以在上面乘涼，下面的二樓立面有三個拱窗撐著，在一樓有個突出的玄關，汽車可以開到這裡上下客，玄關的三面洞口都是大圓拱，中央主體的兩邊角樓是金字塔式的斜屋頂，窗戶都是直條式的，略像閩南建築的石條窗，陳國懷說：「這裡的洋樓的正面都像是廣告看板，和後方的量體完全不相干，這個素描就很不一樣，雖然有點面熟，可是絕對不是這裡的房子。」

反而是陳司機說：「是不是剛才經過的院子裡後面那棟？」

他們往回走，先看到一棟閩南式燕尾屋頂的前廳，兩旁有白牆圍出一個院落，後方有一棟洋樓，果然是三分的立面，中央有三個圓拱，上面有剝落的雕飾，但是一樓沒有下車的玄關，兩旁角樓也沒有斜屋頂，外牆也不是紅磚牆而是灰泥牆面，如今已褪成了斑駁的洗痕，院落中似乎有人整理，四下卻無一個人影，中央的大門敞開著，似乎歡迎自由參觀。他們走進裡面，大廳的洗石子地坪上分割成一個特別的幾何形圖案。向潮雄驚道：「這是算盤的圖案，是吳家的銀行的商標！所以就是這棟，只是被改得面目全非！」

正方形的大廳兩邊各有一寬闊的房間，殘留著拼花木地板，可能是以前聚會和辦晚宴的地方，屋內還留有諸多細緻的木作和瓷磚拼貼，只是破損了甚多。大廳底端有座弧形樓梯盤旋上二樓，樓梯的結構和外牆脫開，有如一道流暢的弧線，倒是和諾亞父親的手稿一致，後方外牆在兩邊各有一長條的玻璃窗，中央的實牆上被抹上了灰泥，牆面上還殘留著反共標語和塗上了青天白日滿地紅的圖案，但是灰泥剝落了一半，露出了原始牆面，是用小馬賽克貼出來的拼圖，依稀可見新加坡的銀行大樓，廈門的教堂和醫院，最大的半身人像顯然是諾亞的外祖父，旁邊站著的應該是諾亞的父母親。向潮雄連拍了十幾張，周善敏讚嘆說：「今天我們簡直變成了考古學家，可惜不能把這些灰泥全部剝下來！」

「諾亞說當年剛設計完，他媽媽得了肺結核，就和他爸爸去美國治療了，雖然留下很多設計圖，可是顯然這些人自由發揮，而且以諾亞父母親的性情，絕對不會希望入畫，可是這個壁畫簡直像是廣告片一樣！真是不可思議，以前我們到這裡鋪戰備道，幾乎就在幾十公尺外，原來我們曾經和歐本海默家族的設計這麼接近過。」

陳國懷搔頭說：「你們這些美國人是鐵齒還是麻木，我都已經雞皮疙瘩了，你看這壁畫前面的地板上還有灰泥碎片，顯然是最近剝落的，簡直就是要讓我們看的，莫非是諾亞的老爸老媽在顯靈了！」

# 卷二　土樓的星光

# 飛來波女郎

一九三〇年三月三日，這是個好的忌日嗎？傑瑞米．歐本海默站在「國泰皇后號」的船頭，望著灰沉沉的海面，百無聊賴地想，他瞥見艦橋下站著一個水手，他知道這人是在預防他跳海自殺。其實這是多慮了，他自青少年起就有自殺衝動，但他既無膽量也無決心，所以就像手淫一樣，只是成為他戒不掉的惡習。

他弓起身子，在衣領間塑造出的無風帶點起一根菸，陡然發現高健壯碩的穆西納船長，無聲無息出現在他面前，船長叼著菸斗的嘴角撇向下方，像是隻可笑的拳師狗，流利的英文帶著某種口音，眼神露著疲憊，像是看盡了人世滄桑，傑瑞米覺得船長像個「真正活過人生」的人。船長問：「等不及游個泳嗎？不用著急，明天我們就靠岸了。」

「這麼快？我以為還要三四天呢！」

「明天到香港，我們要去上下貨，也有幾位客人要上下船。」

他的思緒這才轉過來：「難怪早餐時有人在說香港的事。」

「原來你有注意到船上還有別人？我以為你抽的香菸有隔音效果，所以聽不到我們呢！你有注意過我們停靠了哪裡嗎？」

「越南的海防。」

「沒錯，新加坡、海防，再來香港，然後廈門、上海，最後到橫濱，到廈門都是為了吳總裁的貨物和客人。」

「為了我一個人在廈門靠岸？」

「還有一位明天會在香港上船，就是吳總裁的女兒，你見過嗎？」

他的思緒迷失在逐漸暗黑的海天之間，想起吳總裁靈光閃耀的雙眼，有如像是X光般凡事無法遁形，告訴他：「我要麻煩你到廈門和金門去一趟。金門是我的祖籍所在，我想在那裡蓋一棟吳氏家族會館，廈門是我長大的地方，我幼時家窮，靠著教會的庇蔭上學、看病、喝到牛奶和學會踢足球，一路扶植栽培我的葛蘭特牧師，後來得了帕金森症，他回蘇格蘭老家時路過新加坡，我請他留下來安享天年，讓我回報他的恩情，他卻執意要回家鄉去。他回去後待遇涼薄乏人照看，竟然是吃飯時噎死了！去年接到他辭世的消息，我想在他於廈門創辦的基礎上，蓋一棟紀念教堂和紀念醫院，我最小的孩子就是未來的醫院院長，會提供你使用的需求和當地的配合。」他為什麼會先入為主地以為「我的孩子」就是兒子呢？

因為被船長諷刺了幾句，自覺有些混帳過了頭，當天晚餐時努力打開話匣子，和隔座名叫做萊納斯．哈斯汀的英國年輕人相談甚歡，餐後還去萊納斯的客艙一直喝到半夜。萊納斯經商頗為成功，在香港過著奢靡頹廢的生活，但收到萬里外父親的親筆信，已為他物色到一位在新加坡長大的名門閨女，要他前往相親並務必成功。他知道這是他是否能分到家族餘蔭的考驗。

萊納斯自幼凡事得混且混，讀書時候唯有對戲劇表演情有獨鍾，知道此時要演出一場無懈可擊的好戲，所以用了兩個月集訓，只與正人君子類的朋友談人文歷史，菸酒不沾，甚至學習打坐冥想，果然成功演出教養學養修養俱全的世家子弟，順利論成婚嫁，回程上像是從監牢放了出來，只恨船上沒有跳舞廳鴉片館妓女戶，終於碰上傑瑞米這個活死人突然還魂，所以聊了個盡興。

次日中午駛抵香港，維多利亞港內船檣忙碌，各種大小的輪船，西式帆船和中式戎克帆船熙來攘往，繁忙遠在新加坡河之上，難怪是英國皇家最燦爛的一顆鑽石。由港邊到山邊布滿了房子，岸邊幾棟堂皇的維多利亞風格的建築，寬闊的廣場，在夕陽照耀下傲然而立，像是胸膛掛滿華麗勛章的軍人，石獅子似乎在慵懶地宣告它們的領域。

而在這個舞臺式的場景之後，是車水馬龍的皇后大道，街道並不太寬，擠滿了兩層樓的街屋，華人們像是工蜂般忙個不停，各種商業交易從批發、交易、到零售，繁複卻自有秩序地在進行，他看得目不暇給，如果這些殖民建築是政權力量的象徵，這條大道就是工商世界的生機！他興味盎然地用照相機捕捉景象，萊納斯道：「不用這麼費力！我有個朋友長期拍攝香港，出了好幾本畫冊，我拿幾本給你。怎麼？你連根手杖都沒有？乞丐太靠近的時候你要怎麼趕？」

天星碼頭上擠滿了挑夫和苦力，萊納斯正露出不耐煩狀，兩個穿著整齊的華人奔了上來，操著流利的英文：「主人，行李交給我們就好，你的一套乾淨衣服都已經送到俱樂部了，中午為你定了兩個位置，晚宴定在八點克里門堤廳，你尊貴的客人都通知了，餐後的節目也都安排好了。」萊納斯見雞蛋裡面挑不出骨頭了，噴了兩口煙，就拉著傑瑞米走了。

他們來到一棟三層樓的石造房子，比市政廳更為冶豔，不愧是香港第一俱樂部，裡面燈光柔和，由牆壁到天花都是暗色的木作，精緻的傢俱，暗紅的窗帘和壁布，柔和暈黃的光線。傑瑞米自幼隨父親出入紐約最尊貴的聯合俱樂部，在這熟悉的氛圍中很感放鬆。萊納斯在撞球間打得震天價響，他卻在圖書館比較第九版和第十四版的大英百科全書的差異，不知不覺在沙發上閉上了眼睛。被搖醒時，周圍已坐了幾個衣著考究的年輕人，萊納斯說：「你們看看，這些美國人把我們日不落國的老本都掏空了，最近還把大英百科全書的版權都買去了，這傢伙連睡覺都抱著不放！快起來，我們得忘掉船上可怕的狗食！」

俱樂部的晚餐豐盛，侍應生都像是訓練有素的英國僕傭，送來最好年分的蘇格蘭威士忌、路易十三世白蘭地、古巴雪茄、英國伍德班香菸。萊納斯對南洋行的心得高談闊論：「歐美都要經濟破產了，我看日本是一個出路……」

到了十點，一半人告辭，萊納斯精神來了：「剛才叫做社交，現在才是娛樂。」傑瑞米跟著出了俱樂部，沿著街道往山坡上爬，街邊的只剩些打烊中的小鋪，暗淡的燈在風中搖晃。萊納斯道：「這些華人嘴巴很壞，叫我們取樂的街道做爛鬼街，表面上尊稱我們主人，背後用華語叫我們鬼佬，千萬不能相信他們。」

他們來到一間外型普通的店家，進到內間竟然十分寬大，一個大廳有兩層樓高，完全是西式交誼廳的裝飾，桌椅都被推到牆邊，響亮地放著爵士樂，七八個華人女子打扮像是紐約最時尚的「飛來波女郎」，短髮短裙高跟鞋濃妝豔抹，跳著流行的舞步迎接他們。

一次大戰時的英國，大量男人上戰場，女性扛起生產工作而自我意識崛起，在戰後爭取到了投票權，在富裕享樂的「跳舞年代」的一九二〇年間，更主張盡情享樂，飛來波就是跳舞時裙邊擺動的意思，但傳統的社會仍然以有色眼光，對她們冠以這個輕蔑的稱呼，這種女性主義也在紐約風行正甚，傑瑞米不禁狐疑，難道也已飄到香港了？

她們的英文時好時壞，他逐漸分辨出來，玩樂之事都精準甚至幽默，其他事就多用嫵媚的肢體語言帶過，顯然是歡場中人。突然灌入的巨量酒精，異國的風味，和扭動的身軀炒熱了歡樂的氣氛，他也跟著這群人起舞，每個白種男人都有兩位東方女郎相伴，一開始他跳得全無章法，引得陪他的兩個陪伴大笑，但她們都知道怎麼讓客人高興，帶著他從簡單的舞步開始。他自幼學古典音樂長大，也長年在猶太教堂跳傳統舞蹈，很快就掌握到了訣竅，那兩個女子貼擁著他進入狂歡狀態，一屋子體力和荷爾蒙過盛的年輕人，也禁不住這樣消耗高熱量的運動，不久也都癱倒在椅子上。留聲機換成了慢音樂，只剩下萊納斯一手摟著一個女郎在廳中緩緩地迴旋。

他全身被汗水浸溼，加上海上旅行的疲倦，讓他幾乎要癱倒，兩個女郎扶著他，將牆邊像是壁畫的布簾拉開，後面是一個壁龕，橫著一座床榻，兩個男童端上茶點煙具拉上布簾，兩個女郎全無忌諱地脫下外衣，點燃煙槍給他時豐盈的雙峰托盤而出。她們似乎才十五六歲，吸了煙嘴對嘴噴給他，另一個躺在他的大腿上摩搓，他想要起身，但幾口煙已經讓他頭昏眼花，視界模糊。

等到他醒來時，腦袋一片空白，像是飄浮在超現實的畫裡，綢緞被面下是全裸的三個軀體，他花了九牛二虎之力，才終於想起了新加坡之行、輪船之旅、萊納斯、鴉片和狂歡，也漸漸想起超乎他想像的性愛手段，他驚駭地爬起來，找到了散落的衣服，跳舞廳中一片狼藉，張張布簾後面都是同樣荒淫的景象，他也忘了找萊納斯，只管奪門而出。

門外陰天的日光，也足夠讓他張不開眼睛，一時以為就要接受最後的審判。他站在半山腰上，維多利亞港在眼前蜿蜒展開，他像是從罪惡的淵藪，或者是猶太教說的死亡的幽谷「格哈納 Gehanna」中逃了出來，踉蹌地拾級而下，好幾次差點摔個大筋斗折斷頸子，險象環生，可能天使還要留著他慢慢折磨。

到了港邊卻想不起來「國泰皇后號」停在幾號碼頭，思考力被酒精和色慾侵蝕，像是被硝酸澆過的照片般殘缺不全，他坐在一個繫船柱上，碼頭上已經忙碌起來，不時就有苦力擦身而過，留下刺鼻的汗臭味。

一部氣派的汽車停了下來，車頭像是方正的棺材，車尖立著一座金色張翅的女性雕塑，黑圈白身的輪胎，傲然地噴著廢氣，像是君臨原野的獅子。這樣等級的勞斯萊斯在紐約也會引人側目，岸邊幾個人蜂擁而上，帶頭的正是穆西納船長，他才發現國泰皇后號就在他身後！

一位年輕女性盈盈冉冉地下了車，竟然也是「飛來波女郎」的打扮！他好像肚子上挨了一拳！昨晚那群女郎的衣物，近看就知道像戲服般便宜的料子和粗糙的剪裁，他頓時懷疑難道這部勞斯萊斯也是個道具？但是眼前這位的穿著，和紐約最新的時尚殊無二致，長稍過膝的米色裙襬在下緣處打褶，上身是黑色格子米色為底，條狀的圍巾，外套和帽子都是深灰藍色，簡直就是紐約第五大道街頭的名媛，如果這部車和衣服都是真材實料，此姝的身分必是不同凡響。

穆西納船長對她極其殷勤，全不像對待他和萊納斯的兀傲，拿行李的都是白衣白褲白手套的侍應生，呼前擁後引導她往船上去。傑瑞米站起身來，和一個搬魚貨的挑夫撞個滿懷，兩人都摔得四腳朝天，活魚在地上啪啪地做性命的掙扎，他想摸索撞飛了的眼鏡，卻聽到穆西納船長驚訝又斥責地叫道：「歐本海默先生！你發生了什麼事？快去把他扶起來。」

幾個苦力把他像是待宰的畜牲一般抬上了艦橋，他本想喝止他們，但被抬著好像輕鬆了一些，碼頭上的污水從衣角向下滴流，襯衫上爬著一隻寄居蟹，他直覺反應想把牠打下去，苦力們支撐不住，讓他又重重地摔在甲板上，那女子回過頭來，露出驚奇而鄙夷之色回身走了。他回到房裡睡了大半日，做著重複和不愉快的夢境，清醒時天似已全黑了，門外傳來剝啄之聲：「船長請您半小時後到餐艙用餐，請作正式穿著，因為有高貴的女仕在場。」難道他平日的穿著非常不堪嗎？但是想到今早的狼狽，又頓覺矮了半截。

他穿上帶來最講究的，布魯克兄弟服飾店高檔的三件式西服，配上時尚的領花、吊帶、手帕，照照鏡子，卻覺得臉上似有一層黑暈，這是自己的想像嗎？還是凡走過必留下痕跡？縱慾的結果必留下紀錄？

到了餐艙時，他被請到船長桌去，他是從來不遲到的人，習慣比預定時間早五分鐘，但是桌上已經坐了那位勞斯萊斯女性，而且侍應生竟把他領到她旁邊的位子，乍然間他有些氣虛，但他也是見多了世面的人，連忙端出紳士儀態，禮貌而疏遠地自我介紹：「傑瑞米．歐本海默，來自紐約。」

她的西式禮服依舊高級且時尚，頭髮留到頸上，尾端向上捲起，看來十分飛揚俏皮，衣袖稍長過手腕，圓領露出骨肉均勻的脖子和肩胛，掛著一串顆顆圓潤的珍珠項鍊。她好整以暇地說：「吳韻梅，來自金門，或廈門，或香港，或沙勞越，或新加坡，你就是我父親請來的紐約建築師吧？」他正要坐下的身子停在半空，下巴半開半闔，他真的頭腦不清了，早上在碼頭看到她，當場就應該知道是吳小姐！

穆西納船長在首位坐下說：「其實今天早上就有機會介紹的，只是那時你有些不方便。」臉上帶著狡猾的笑窮追不捨：「你千萬不要從哈斯汀先生的觀點看所有的東方女性。你要知道，吳小姐是香港大學醫學院畢業，傑出的醫生，可能是中國第一位女醫生吧？」

吳韻梅淡淡地說：「中國第一位女西醫名叫金韻梅，她已經行醫五十年了吧？我父親把我的名字取作韻梅，就是希望我也能為這個苦難的國家有點貢獻。」

穆西納說：「那麼是我太孤陋寡聞了，但是您父親這麼大的事業，孩子們全部參與事業都不夠用，為什麼你卻去讀醫呢？」

「我的兄長們都身不由己，加入家族事業去賺錢，女兒反而有自由選擇，我父親常說東方在商業上的距離還可追趕西方，但是在科學和民主上就不行了，他不准我去革命，所以只剩下科學了。這樣分析合理嗎？」

她說的英文字正腔圓，不疾不徐，談吐文雅，再白癡再沙文的人如萊納斯在此，也不會敢小覷她，甚至會知道自己的言行一不小心，就會在她的照妖鏡下人贓俱獲！

傑瑞米從來不太愛面對業主，地產商大多財大氣粗，即使是有教養的也難免流露出對財富的自滿。企業界稍好些，但大多是對數字比設計在意。教育機構比較符合他的脾胃，不太在意兩點之間最短的距離是直線，通常他對教授們的領域比他們對設計還有興趣。他幾乎很少遇到女性業主，除非是設計私人住宅，但是貴婦們更令他如坐針氈。

他父親長袖善舞，可以見人說人話見鬼說鬼話，讓對方覺得這位建築師和他們是一丘之貉，但也可以見鬼說人話見人說鬼話，讓對方覺得新奇有趣，端看情勢所需，聲音語調可以粗豪狂放，也可以曲折文雅，有時開會從頭到尾，他父親連圖也沒有打開，光是講了幾個笑話罵了幾件時事，業主就推心置腹，倒了威士忌開始聊天了。他卻開完會不論好壞就只有莫名的沮喪，像是馬戲團的老虎，在鞭子下表演完了只想回籠睡覺。

他在新加坡見吳總裁時十分小心謹慎，深怕流露出西方人狹隘的觀點，但是不久就發現了平衡點，除了當地人揉雜了華語馬來語印度語的濃重口音之外，吳總裁和幹部都盡量遵循他們認識的西方法則行禮如儀，彷彿此一放諸四海皆準的殖民地公式，就會達到大家滿意的結果。

吳總裁是早些年到紐約時，對歐氏事務所設計的幾棟房子留下印象，在邀請函和往來的電報中，他父親推測了吳總裁的偏好，是較沒有裝飾的古典，或者是略為復古的現代，於是決定參考英國建築師艾德溫．樂濳思 **Edwin Lutyens** 剛完成的印度新德里諸多殖民政府建築，在紐約就完成了初稿。傑瑞米到了新加坡，又觀察到東方色彩和木作，可以讓室內空間的設計更豐富，他就在業主選用的當地建築師的辦公室，完成了大廳和辦公室的設計。吳總裁大體滿意，他也就吳總裁的意見殷勤地調整，在三個月裡面就完成了任務。

但是吳韻梅卻不像是只想做得體的西方人，也不會無意間流露出有錢人的派頭或女性的嬌柔，語氣雖然平和，反而咄咄逼人：「你為我父親做的企業總部的設計，西方建築的骨幹但有些圓窗紅框的東方味道，簡潔而不造作，很像是我父親的行事風格，功能流暢又有優美的比例，不是這樣就好了嗎？為什麼最後還是要加上很簡化的柱列，線角和山牆呢？為什麼不做個完全沒有古典元素的設計呢？其實東方人會選擇西方古典的設計，就是希望假扮西方，反而完全現代像包浩斯般的房子，才一定是西方人才會做的呢！」

顯然她對建築設計有認識，每個問題都在挑戰他在藝術或文化上的態度。他謹慎地聆聽，但是當她注意到全桌人都在聽她發言，就轉移話題對穆西納說：「輪機室的狀況有點改善了嗎？」

穆西納對全桌人解釋：「吳小姐說過，我們在這裡享受美食，輪機室的人卻要耐著高熱剷著煤炭進鍋爐，所以被稱做『黑幫 the black gang』，很關心他們的健康，我已經對輪機室的通風做改善了，還把煤炭分開儲存減少危險。」

她點頭說：「到了廈門，請他們到醫院再做個檢查，需要的我會開藥給他們。」

話題轉到醫院，葛蘭特牧師創辦的醫院和教堂原來比鄰而居，但是醫院早就不敷使用，所以吳氏企業已在郊外買了地，要蓋個符合未來需要的現代化醫院。她拿出一本畫報，上面有個芬蘭建築師奧瓦阿托 Alvar Aalto 的醫院設計，完全是現代醫療觀念的體現，傑瑞米早就欽羨這位奇葩的作品，雙眼灼熱地細讀，掏出了筆記本速寫。

「你隨身都帶著記事本嗎？像新聞記者一樣？」

他開始訪談她要的空間的需要和大小數量，她有點驚訝他就此開始工作，兩人一來一往，在散席時，他們又留下來談了近一個小時。

趁著近距離討論的機會，他利用「照相機記憶」掃瞄了她的長相和神情，他向來可以把場景和人物，像照相一樣留在腦海中反芻，他回到艙房就立刻畫了下來，她的個子小巧玲瓏，和吳總裁類似的清秀型，最特出的是一雙眼睛炯炯有神，尖挺的鼻子，有稜角的嘴唇和臉形。奇怪的是吳總裁的眉眼像是勾畫過的戲曲人物而有些女性化，在她臉上卻有一絲男性的剛毅。

他凝視剛完成的素描，畫中人物像是活了起來，深凹的雙眼好像審視著他，把他陰暗的心思和昨晚的劣行都照露無遺，微微挑起的嘴角似有輕蔑嘲弄的意味，他幾乎把素描本給蓋上，但仍然忍不住又細看了許久。

或許她的眼光不是審判而是同情？他自幼在家中，和在猶太教堂的課程中聽到「密旨法 **Mitzvah**（戒律）」，萬萬不可墮入美國這個物質世界的罪惡，但是他走在路上卻總會被這城市的光怪陸離所吸引，自知沒有抵抗誘惑的能力。他知道父母親由歐洲到美國所承受的千斤重擔，但是他們對他的重大期望都令他只想由人世間逃遁迴避。

他自幼就不能控制口腹之慾，天生的體質就偏胖又愛吃，雖不好動卻強壯敏捷，像隻可以飛奔的懶熊，但不論如何運動都瘦不下來，他父親最受不了他的，就是沒由來就流淚不止，喪禮可以流淚，婚禮可以流淚，看到馬拉車吃力可以哭，看到狗瑟縮街頭也可以哭，生老病死春去秋來物換星移都無不可哭，好像從上輩子帶來了靈魂和精神上無可彌補的創傷，直到他在中學時有同學病逝，他突然意識到如果繼續哭下去可能會年少夭折，才逐漸從悲傷的坑洞裡爬出來。但是他開始在禱告時無法排除雜念，偷竊、說謊、任何的禁忌都想打破，發育後忍不住的自我觸摸和手淫，每次都覺得自己是無可救藥的罪人，發誓永不再犯卻一犯再犯，上大學後一位來自西西里的同學，帶他到下東城小義大利的妓院開了眼界，他就常在性飢渴和罪惡感間掙扎。只要有人帶路，就像這次在香港一樣，他就會走進罪惡的淵藪，總有一天他會落入死亡的幽谷……。

他的罪惡感如排山倒海令他難以招架，常有輕生的念頭，但是他缺少的不是念想而是勇氣，他沒有那麼強烈的意志力去改變命運，也沒有勇氣去推想，他若是自殺了他父母的傷心和忿怒，這也是他所無法承擔的。

他意識到，昨晚除了富人對窮人的階級剝削，男性對女性的性別剝削，他還以強勢對弱勢的文化剝削，而吳韻梅兼為弱勢文化弱勢性別，卻又是財富上智識上和精神上的強勢，她不但掌握自己的命運，還建立了終身的使命，而且洞燭世情，好像可以把他的人格都看穿了。他決定打開素描本，把昨晚在香港的情景無恥無忌諱地畫下來，不時教堂和醫院的設計想法浮現出來，又翻到另一頁速寫，翻來翻去，反而把宿醉和暈船都趕走了，天色初亮他昏昏睡去，素描本上卻多了奇異的組合，一邊是妓院和煙館，一邊是教堂和醫院。

# 穆西納船長

我從早上就在期待，看吳大小姐要如何教訓歐本海默先生了，這一齣不知道是要演《罪與罰》還是《白癡》呢？我其實不討厭他，是個頭腦好心地好卻意志軟弱的富家子弟（或許可以演《哈姆雷特》吧？），看起來像是個很好的輪機，就是不知哪個齒輪不大對位吧？他上船後，老是眼神渙散站在船頭抽菸，我擔心他要跳海自盡，所以派個水手盯著他，我開導他要交朋友，沒想到交上了萊納斯．哈斯汀先生。

萊納斯這種傢伙我是瞧不起的，雖是英國貴族出身，但因為是家中老二，無法繼承家傳基業，又沒有雄健的體魄去加入皇家軍隊，便加入了「老二幫」到殖民地來闖天下，當然也有少數人能夠開拓跨國大事業，但大多都只是和殖民地政府打好關係，加入英國人俱樂部打進剝削集團，靠著特權生意吃香喝辣，不是開拓者而只是吃腐食的禿鷹，也大多是金玉其外敗絮其中，就算有名門學歷，卻紈褲子弟的氣息深重，縱情聲色全無底限！

他們對東方也全無感情，劫掠完了就回老家去享福，這就是腐食族和開拓者最大的不同。像我的祖先來自波斯，在海上絲路活動了幾百年，所以我還兼有阿拉伯、荷蘭、捷克、印度和非洲裔的血統，在白人的眼中簡直是超級雜種，但正因為是四海為家的世界主義者，到哪裡都不會存有成見，融入當地，把異鄉變成家鄉。

所以我看他被哈斯汀先生拉下了船，就知道沒什麼好勾當，果然第二天早上，他魂不守舍衣衫不整走路蹣跚，一定是幹了整晚的荒唐事，還正好遇見了吳大小姐，我想她心裡也有數，雖然她家在南洋富可敵國，她卻是激進的左派、厭惡殖民主義，把提昇落後地區的醫療當做職志的卓越現代女性。

果然，晚餐一開始她就給了他下馬威，挑戰他的設計只是移植西方建築，還馬上給他出了作業。不過這位老兄倒出我所料，像是可在強風中搖曳的柔韌竹子，卻完全沒有爭論的意思，甚至像是東方的柔道和太極拳一樣，把別人的用力順勢推引做為己用，他聽了吳大小姐對醫院的想法，不知道是裝樣子還是真心，興奮的拿出了素描簿來畫圖，對你的需要去定製一個設計，賓客都對他的畫圖功力讚嘆不已，他卻只專心思索吳小姐的評語一再修改，我拿出珍藏的白蘭地款待大家，兩人越談越深入，賓客盡歡。海象平穩，一夜盡興，搞了半天，竟然演了莎翁的《皆大歡喜 As You Like It》。

## 吳韻梅

我十二歲時陪著阿媽回金門老家，阿媽得了急病，到葛牧師的廈門教會醫院治療了兩個月，後來葛牧師退休回英國經過新加坡，我陪了他兩星期，那是唯二的接觸。真正受葛牧師恩情的是我父親，困頓的童年能到教會的義學上課，學會現代世界的知識和英文喝到牛奶，讓他後來能勇闖天涯建立王國。但是父親的身分尊貴久了，大家很難想像他也曾這樣的無助和卑微，而我和葛牧師都是醫生，所以大家都覺得我和葛牧師理應關係深厚，但是我接到父親電報得知葛牧師過世，並沒有太多感觸，反而是聽到父親說想建個紀念教堂時，首先想到的就是同時也建個現代化的紀念醫院。

在我幼時，父親經營著木材橡膠榴槤和棕櫚油的實業，遠遠不及後來跨足金融業以後「富可敵國」的程度，加上阿媽非常儉省，所以我看到洋醫院這樣進步的設備和技術，盤算著醫療費要多少顆榴槤才付得清呢？父親又遠在天邊，為了救阿媽，我只能替醫院打雜工，或許孝感動天，不會被趕出去。

我每天眼觀四面耳聽八方，原來西醫這麼好懂，不像中醫把個脈，說些金木水火土的玄語，把味道濃得像古墓挖出來的藥材揀來揀去，無論是真有玄機還是故弄玄虛，總之是很難窺透的。西醫只是看身體狀況就可以推估原因和結果，葛牧師又是個好老師，不厭其煩地解釋給年輕醫護們聽，我常想：「我都背下來了，你們怎麼還沒聽懂？」加上我對血肉全無畏懼，家裡無論殺雞殺豬，我都看得津津有味甚至參加解剖，兄姊們都覺得我是怪胎，其實我從小就隱約知道，父親心中兒子的分量還是比較重，所以抓到了哥哥們的弱點，故意惹他們大呼小叫吧！

我常到葛牧師辦公室裡，把人體解剖圖和儀器看了又看，葛牧師也不嫌我跟前跟後，我連手術室的血腥味和破碎的人體也不介意，甚至擠進手術室成為開刀助手了！

沒想到阿媽不久就痊癒了，我正要悲壯宣告要留下來還債，葛牧師竟然對阿媽說：「回去告訴阿祥（全世界只有阿媽和他這樣稱我父親）不該再寄錢來，照顧你本來就應該的，他每年捐給醫院的錢已經夠多了，我們也本來就該自力更生。他再多給，我就把醫院送給他了，不然就把阿梅留下來，再學幾年她就可以做院長了。」

那時候我才知道，我家原來比葛牧師有錢，而廈門最有錢的一定是葛牧師，因為洋人們看到他都畢恭畢敬。阿媽說父親確實最有錢，不過大家尊敬葛牧師不是因為他有錢，我那時沒有很懂這句話，直到上華語學校的時候，讀到孟子說的「說大人則藐之」才了解，不要被有權有錢的人高高在上的樣子給迷惑了，甚至應該不信任他們，而且「說洋人更藐之」就更有道理了。

父親相信做事業要有好團隊，打虎親兄弟上陣父子兵，所以哥哥們都二十出頭，就到他的事業體去任職，反倒是女兒們可以多念書，爸爸很為我出色的成績驕傲，原本希望我去劍橋或牛津光耀門楣，那年葛牧師得了帕金森症，打算回到蘇格蘭去終老，經過新加坡時我陪著阿媽去見他，我仍然記得幼時見到葛牧師溫煦堅定的目光，彷彿體內有個永不歇息的火種，但此時在與逐漸痲痺的身體奮鬥的葛牧師，眼光也常陷入呆滯，可見再堅強的體魄和信仰，也都是有其極限的。葛牧師看到我由女孩變成了女人，驚訝得說不出話，而且我們的角色互換了，他成了需要照顧的對象，而我則到達了可以掌握人生的階段。

我照顧了葛牧師兩週，所有人都說只要我在旁邊，他總是精神好的。葛牧師熱心地告訴我許多醫學界的訊息，說以前有位倫敦傳道會的孟森醫生，曾在廈門行醫過十三年，而後到了香港創辦了醫學院，就是如今香港大學醫學院。孟森醫生還針對當地人種、氣候的特殊性，設置了熱帶醫學研究中心，孫中山就是第一屆的畢業生，孟森和第二任院長康德黎醫生，還曾經在孫中山倫敦蒙難的時候，扮演了營救的角色！我深思之後，就選擇進香港大學醫學院，既然我的目標是改善亞洲醫療環境，為什麼要捨近求遠呢？我在新加坡讀華校的時候，就已經感染了反殖民思想，所以自認這樣的選擇是再自然不過的。

父親雖不以為然也未干涉，大概意識到當女兒已有了自我意識，比兒子還難以駕馭。我在香港近十二年，從學生變成了吳大醫師，家人眼看我年近三十，管閒事或乾著急要為我找對象，都被父親擋掉了，他知道以我的個性，就算嫁給某個企業世家的兒子，大概也會以家庭革命和離婚收場，與其要我做個傳統女人，還不如預防家庭醜聞比較實在。我也知道我們身邊必有父親安插的眼線，也一定知道我和威廉生教授的戀情，或者是緋聞的。

威廉生比我大十二歲，是我做實習醫生時的指導前輩，他是有家室的，但是太太不適應香港，長期的思鄉造成憂鬱症，讓他也很鬱悶；至於我身為富家女、現代女性和反帝國主義的左派，為什麼會發生這樣的關係？我也曾經仔細剖析過，但我雖有淵博的知識和科學的訓練，也像絕大多數人一樣，遇到了男女間事，仍然呈現腦力不足或當局者迷的現象，無論如何辯證，都還是像維多利亞港的海水混沌不清。

我當然不需要錢，有人說我是為了爬上教授位子，但我本來就是同輩中的佼佼者，也沒有拚命往上爬的需要，做賤我的人說我是被好勝心所趨使，想要得到洋人的認同，這個立論是，西方人地位高於東方人，男人地位高於女人，富人高於窮人（只有這一點我絕對勝出任何人甚多），下位者要爭取上位者的認同必然不擇手段；同情我的說我是犧牲者，威廉生是利用職場上的地位威逼引誘，即使我似乎志願，也是因為有不順從就會影響升遷的隱憂，無論如何都應該算是職務霸凌。

這些都是華人幹部的竊竊私語，一次大戰後民族自決的論述流傳，香港新加坡都有許多人平日做順民，私下卻對帝國主義有激進的意見，像我這樣的富家女又是醫生，卻願意做洋人情婦，特別容易成為唾棄的對象。也有人說父親就是買辦、洋奴、走狗，所以小洋奴這樣犯賤也不稀奇；又有人說我是姨太太所出，基因會遺傳云云。侮辱有錢有勢的人很容易給人情緒滿足的，雖然見了面還是誠心誠意地奉承。

對於這些流言我從未正視，而只是在心中回應，第一，父親從小訂親的元配阿霞媽是個老式女人，把她生的兩個女兒送到南洋，自己卻一直留在金門，像是在守護什麼神聖的祖業，我幼時陪阿媽回鄉的時候，阿霞媽對我真心地寵愛。我的生母是父親在沙勞越娶的，阿霞媽生的兩個姊姊都是我生母帶大，和媽媽比和阿霞媽還要親，所以在南洋，外人根本不知道阿霞媽的存在，家裡也沒有嫡庶的認知。第二，人在尋求解救的時候，會投入全部的生命，阿媽生病的時候，我不惜犧牲一切要把阿媽從死亡的邊緣拉回來，所以像一隻無助的小狗把葛牧師當做上帝，是否在這個期間遭到了潛移默化，把葛牧師當成了西方醫藥和先進科學的化身？第三，求知慾和其他慾望都是一樣激情的，很容易轉換為慾求的對象，而威廉生與葛牧師都是蘇格蘭人，瘦長精鍊的身材，深金色的頭髮和短鬚，文雅和緩的語調，或許喚醒我幼時對葛牧師的崇拜。第四，在所有的表象，富家女、醫生、左派等等條件之外，我是一個長成的女人，也需要一個伴侶，一個感情，而從身為實習醫師起，在我的生活圈裡，威廉生是唯一引起我興趣的人。

但是威廉生沒有葛牧師那樣堅定不移的信仰，我知道他不會放棄家庭，在他太太精神瀕臨崩潰，他宣稱要把她送回國，似乎意味著可以和我結合。我雖然希望有此良緣，但也知道這會成為他一生的遺憾，成為心理和關係上的陰影，讓我落入一個打了折扣的人生。就在這進退維谷之際，傳來葛牧師過世的訊息，似乎冥冥中寄送了一個徵兆給我。

我向父親提議要把醫院擴大和現代化，並且自告奮勇去籌備和經營，父親想起了葛牧師救治阿媽的恩情而欣然同意，我也就辭去醫學院的工作全力投入籌畫，準備澈底離開香港。

因為創辦人孟森醫師和廈門的淵源，或者是父親在背後做了什麼捐款，院方竟然表示支持我的計畫，也算是個對於孟森醫生曾在廈門行醫，飲水思源的佳話，我因此更有了奧援，先回廈門先物色了土地，在香港和內地招募有西醫訓練的人才，購置設備和藥材，沒想到突然接到父親的電報，他甚至要把一位紐約建築師，從新加坡送到廈門來設計紀念教堂和醫院，要我在香港等他一起坐郵輪去廈門，我最關心的是郵輪從新加坡帶來的設備和藥材，我也把這位建築師當做一件貨品，一併要運去廈門。

但是因緣際會，我在醫院圖書館看到一份畫報，整本都在報導醫院建築，最重要的就是明亮通風，高挑寬敞，容易清掃，管線順暢，病床的距離要夠，避免交互的感染，同時要有愉悅的環境，心理的健康是生理恢復的要項，也都是些基本的常識，但在當時的醫院都很少符合。畫報最後是一個北歐結核病患的療養院，真是令人耳目一新，完全沒有西方古典建築的山牆、拱窗、線角等等，而是好幾長條的多層的房子，很自由得接在一起，最重要的是整棟房子內外幾乎全部漆成白色和淡粉彩色。結核病的治療在當時除了開刀切除，也只能用多晒太陽多呼吸新鮮空氣好好靜養，這個設計完全沒有傳統醫院的沉重，像是一個很讓人放心輕鬆的世界，可以把患者從沉重的病灶裡解放出來。

我在碼頭看到傑瑞米．歐本海默的時候，他像是從糞坑爬出來，渾身的狼狽和邋遢，衣衫皺得像麻花，領帶歪在一邊，鬍子也沒刮，浩劫餘生的模樣，還和挑夫們撞個滿懷，靠著幾個苦力才扛上船去了，西方人到了殖民地就迫不及待地放浪形骸，我也聽得多了，不由自主地掩住了鼻子。

到了船上晚餐的時候，他倒是穿著得體，氣定神閒，談吐文雅，沒有殖民地西方人的優越感和氣燄，所以我沒有跟著穆西納船長揶揄他，而是直接挑戰他在新加坡的設計，他倒也沒有很想捍衛自己，淡淡地說：「我在東方住得不夠久，不然應該可以設計得更像是屬於這裡。」

等到我說起醫院的需要和理念，他竟精神抖擻起來：「業主越有想法和需求，設計會越有趣。」我把那本畫報帶著，他看那畫報上的北歐醫院設計時，眼光熾熱得要燒起來：「太有革命性了，不過這是個專門治結核病的療養院，目的比較單一，你要做的醫院是全科性的，需要更多考慮，不過如果你可以這樣現代主義的設計，那就太有意思了。」

原來他不只是想「吾道一以貫之」，什麼題目什麼地點，都是用幾個西方建築的模式套上去，動輒用些專業術語來搪塞，他反倒像是希望擺脫公式，又掏出一本筆記本，很細巧地勾勒出關係圖和素描，我每給他一個意見，他就沉思之後又畫出另一個可能，這一晚下來，也不知道他有沒有吃東西，但是全桌人興致都很高，也加入詢問和討論，讓我也覺得他或許可以勝任這個任務吧！

## 王小松

我王家在金門島，世代耕讀傳家，祖祠內設有私塾，教導族中子弟考功名和知書達禮，我自細漢也得此恩情，但是書中講的中華五千年燦爛文化，連我阿祖都沒見過，那時辰戰亂頻仍，鄉間生活艱苦，私塾也廢除了，我十二歲那年就跟著親族去了廈門，只求謀個溫飽。

我被帶到吳家商行打雜跑腿，可是歹命仔也有好運的時辰，兩年後吳大公子回來廈門辦事，他有潔癖，佣人裡查埔查某都嫌骯髒雜嘈，看上我天生愛清氣又勤快，就挑了服侍茶水。後來規氣帶回鼓浪嶼別墅，我頭攏睏在不會漏風漏雨的厝內，又有整碗白飯還有菜湯可以澆淋。這款再造之恩，讓我用盡心思，大少爺只要動一動眉毛，我就知樣意思。拜私塾之賜，我會打算盤又寫得一手好書法，大少爺也交付我記帳和文書。他做人處事都很西式，我也可以放假，我知道了英文的重要，一放假就到教會去上英文課。大少爺半年後回南洋，我雖然才十五歲，不論在別墅還是商行，所有人都已經敬我三分，比起進前，我的生活真正是「天上一日，地下一年」。所以在這個新時代，就像是很多讀書人講的「中學為體，西學為用」，阮做人不能忘本，可是一定要搭上西式的列車，才可以有人的待遇，但是絕對毋通真正變做阿啄仔，不知樣禮義廉恥溫良恭儉讓，那猶是人嗎？

這以後我努力進修，學英文以外，又去觀摩洋行裡的管事和洋人的管家，學會經營調度的本事，不著痕跡的處事，優雅含蓄的儀態，十幾冬來我幾乎變成吳家的總管，就連吳總裁回到廈門時都給我呵咾。所以這番三小姐來廈門，我早就準備得無微不至，人力車，到碼頭的行車路線，往鼓浪嶼的船，和別墅裡的房間和晚餐，都已經準備好了。

到了三小姐一身簡潔西式裝扮從船梯下來，竟然吩咐先去看教堂和醫院的土地，原來是她身後那個白種男子在後壁猴怪。原來這就是電報裡說的紐約頭牌建築師，我原底以為是個天神般的人，這傢伙卻貌不驚人，淡薄仔胖胖圓圓，皮膚白得粉紅，像是隻大隻的紅嬰仔，抑是新釣上岸的白鯧魚，聲音有些尖音調又愛拖長，囉哩囉嗦很查某體，把我的計畫全打亂了，搞到天黑才回到別墅，冷掉的晚餐再加熱，完全都走味了！

白鯧魚住了兩天，又說為了常到現場去看，住在城中旅館比較方便，三小姐竟然要我去陪，因為沒有別人能通英文，我聽講很多洋人的荒唐行逕，這間最豪華的福星旅社也是齣頭最多的所在，無論如何我都應該對白鯧魚多加提防，所以故意準備些宵夜去敲房門，幾若天下來他完全沒搞怪，只是整晚都在畫圖，到尾來他顛倒一早來敲我房門，叫要召集工人到現場去。

他先要工人們把雜草雜木清除掉，在清空的土地上拿了測量儀和皮尺，指了位置要工人們把準備好的木樁釘下去，工人們竊竊私語，說他是西洋道士，這一釘就是鎮住地基之鬼，為了壯膽每打一釘就大聲喊：「五星鎮彩呀！」「五鬼滅亡呀！」「急急如律令呀！」

我實在是感覺真見笑，我看就知樣，這些木樁是房子的轉角，在木樁中間綁上魚線，就現出了房子的形狀。白鯧魚又要木工搭出一個兩層的平臺和木梯，我盯著他手中的圖比對，他煞共我講：「一點沒有錯，這就是未來房子中央的大樓梯，站上去看到的就是二樓的景色！王先生你真是聰明人！」

我過了一下子才知樣，原來我就是王先生 Mr. Ong，從來也沒有人這樣稱呼過我！後來三小姐來，四界走了幾次也登樓一觀，一開口就問了一連串問題，她講話像是機關槍，白鯧魚卻死趖得像狗屎螺，我也不知為什麼在旁邊替他著急，一面在心裡暗罵自己半桶屎有夠三八氣，給人做卒仔沒幾天，就把他當做頭家了！這時辰看見魚線圍出的草地上，竟然有兩隻大鷺鷥在散步，我正想拿碎石去趕鷺鷥，白鯧魚竟然有回答了，好像是在講病人要走哪裡醫生護士打掃工要走哪裡，雖然不知樣為什麼要講這些碗糕，但三小姐的臉色似乎是滿意的。

接著這兩人像下圍棋一樣進入長考，原來要在兩個病院的方案做選擇，我伸長了脖子，第一個方案是全白的房子，油光水滑得像是郵輪的船艙，另一個是西方古典的，有圓拱和西洋柱。我一定是太雞婆到被三小姐注意到了，竟然問我喜歡哪一個方案。

我像是被徵詢了國事的太監，在兩人逼問下，終於不知死地說，大家來看西醫，如果房子有羅馬柱，像是一般的洋人厝，應該比較安心，三小姐不棄嫌我戇呆只是微笑，白鯧魚卻說：「如果是這樣，我寧願像輪船和倉庫。」

三小姐也講出心底話：「我也認為如此，很多人來看西醫，都是以為洋人有魔法，所以這些希臘柱頭、線角、浮雕，也像廟裡的神像一樣吧？不要這些，也許他們更容易理解現在醫療和科學觀念。」

白鯧魚也說相聲同款應和：「在紐約的氛圍，我會很自然地加入古典元素，但是在這裡反而顯得只是要唬弄當地人。」

就算是我拋磚引玉吧，白鯧魚又照三小姐新的想法畫了好些圖。他兩人一來一往說得意興風發，既然老闆歡喜，就算是我彩衣娛親吧。我以為這一日大功告成了，沒想到三小姐又問：「教會的那個棘手問題，你解決了嗎？」

白鯧魚拿出一幅圖，我也看他畫了好幾天了，就是紀念教堂的正面。三小姐竟然又問我：「如果是你家的女眷上教堂，你希望是男女混坐還是要分兩邊坐？」

我這番學乖了，千萬不要扯到自己身上講：「阮是莫要緊，不過這邊一般人比較保守，擱是感覺男女授受不親，他們應該是要分開坐。」

「我在上星期禮拜後問了幾個教友，他們也是這麼說。可是廿世紀都過了三方之一，男女應該平等了！這樣做不是在加強這個舊思想嗎？」

大哉問！我不知今日是什麼歹日，趕緊講：「三小姐，不需要問他們，有新教堂他們就應該感心了！」

「不過歐先生這個解決方法很聰明，也很滑頭，在中央圓柱的後面還有一個玄關，兩扇大門退在裡面，進了玄關愛走哪邊就走哪邊。如果教友們要在圓柱和大門中間加一道牆，硬是分為男界女界，日後要拆掉也容易。究竟我父親只是捐教堂給他們，怎麼用應該交由他們自便，也算是個民主過程吧？」

白鯧魚竟說：「我前幾天也問過王先生他會怎麼辦？他說那就開三個門好了，愛怎麼走就怎麼走，我覺得甚有哲理，就想出了這個方案。」

我更感覺不妙，白鯧魚是老滑頭，我不就是小滑頭了？我明明就不佮意白鯧魚，為什麼突然擱伊變做雙生仔？

「這樣教堂和醫院都算有方案了，只剩下一個臨時的使命，就是阿霞媽希望在金門蓋的吳氏家族會館。」

我連忙講：「三小姐你千萬不要去！這攏是那幫親戚去向阿霞媽討的，他們看別族起了西式洋樓，也想要一棟充面子，其實根本沒需要！他們若見到你的面又是討個沒了，而且他們都是土包子，歐先生這款新時代的設計，他們一定要寃個沒了！何況去金門只能坐小船，那邊連現代便所都沒有，三小姐去了不方便。我對歐先生看了這幾半步，也知道他需要什麼，我去把資料拾作伙，反正他們跟我吵也沒用。」

三小姐雖然對我的忠心說多謝，卻又說，她在香港就常隨醫療隊到廣東鄉間和山區去工作，什麼歹環境她都可以忍受。她也早有計畫，要在紀念醫院上軌道以後，就要每年到福建山區去做義診，讓偏遠的居民也可以得到現代醫療，所以早就開始採購設備等等，這次正好試看覓！

這尾白鯧魚竟然還在一邊推波助瀾，他兩人講價興高采烈，這聲我不知道要幾天沒睡，才能把這群人運去運來，有吃有住，又擱要擋住夭鬼的鄉親！不禁想起《西遊記》中，妖魔變成囝仔騙孫悟空揹他，先祭起一座須彌山壓在左肩，看他不倒，又祭一座峨嵋山壓他右肩，他仍揹了跑，再祭一座泰山，終於把他壓垮了。我今馬就像是那隻猴仔爺！我看到那對鷺鷥還在草地上閒仙仙，我不禁起粗殘罵牠們：「看什麼？你兩個是金角大王銀角大王嗎？」

# 土樓的星光

到了金門以後，果然讓王小松疲於奔命，吳韻梅在金城吳家大宅開義診，傑瑞米卻在金沙吳家祖厝那裡測量，兩地隔了近十公里，又只有土路小徑，大多無法行車，所幸金門自古是牧馬場，但絕非傑瑞米在美國的騎乘馬，而是世代被用做駝獸的工作馬。王小松就靠著不善奔馳的馬匹往來兩地，深怕兩人有任何差池，既要阻擋需索無度的吳家親戚，防止來騙藥的假病人，要保護費的官差和地痞，想來影響會館設計的有心人，還要注意兩邊的起居飲食，兩位主子都說不在意粗茶淡飯，他反而要費盡心思弄得簡樸美味，讓他們覺得自己真是能夠放下身段，吃苦耐勞。

突然縣公署收到廈門來的電報，離廈門不遠的南靖山區爆發的霍亂，由省城福州過來救災鞭長莫及，要閩南各縣先行支援云云。吳韻梅聽到了立刻結束義診，要將醫療隊投入防堵傳染病為第一要務，要王小松去金沙把傑瑞米接回來，回廈門就安排他回新加坡或回紐約。

未料傑瑞米一回到金城，就直奔吳韻梅醫護站，說他在一次大戰末期志願入伍，受過後勤訓練，毛遂自薦擔任後勤主管。回到廈門，他就立刻到領事館（當時都針對周遭環境作情蒐工作），要到了相關地圖，僱了熟悉南靖的司機，三天以後兩部卡車一部吉普車就上了路。

第一天先到漳州城，到縣政府詢問災區位置和狀況，奈何官員們也只有支離破碎的消息，既無對策也無意願行動，直到王小松拿出了省長的信才肅然起敬。省長對吳家的樂善好施早有接觸，如今寫封信就有先頭部隊，當然何樂不為。四年前也曾爆發疫情，吳韻梅就在香港購買了許多物資送來廈門，當時還剩下許多，就成了這次急用的資源，又急電香港採購更多疫苗和藥送來。

第二天傑瑞米搭起帳篷做臨時醫護站，又帶人去消毒茅坑，那些茅坑不知積了多少代人的排泄物，個個都可以列為古蹟！吳韻梅知道鄉下人抗拒打針，所以動員了警察像趕鴨子一樣逼來，染病的可以立刻來接受治療，沒病的來接種疫苗，又差了衛生隊封了城內的水井，派出車隊到城外去取水，到大街小巷發送清水，宣導一定要燒滾了水再喝。

兩天後又往內地推進，過了兩個城鎮，山路上突然雲霧凝重，山雨瞬間落下，忽見杳無人煙的路旁，有數十個穿著藍布衫褲，頭戴花巾斗笠的年輕男女在樹下躲雨，還興致高昂的嘻笑唱歌，吳韻梅的抗疫策略之一，是禁止村鎮間的移動，以免散布疫情。王小松下車詢問，原來每年此時農閒之時，山區的客家年輕男女就會在村寨之間走動，一面趕集拜訪遠親參加慶典，也是物色對象的重要活動。傑瑞米見他們的打扮，寬大深色的上衫，也是寬大但長僅過膝的褲子，為了節日穿戴華麗的頭飾，聽說有疫情也未減興致或折返回家，而且反問，跟著醫療隊不是更安全嗎？還說他們可以帶路，都爬上了車直著嗓門唱著山歌。

他們來到一個叫南溪村的聚落，有三座土樓，每座都是一個小的堡壘，在嶙峋的山勢中，像是神話中巨大的神獸，土樓有的方形無論是圓形、橢圓形，都是個高厚的防禦性建築，就像是義大利聖幾米拿諾的塔樓一樣，但是一座土樓就有幾百戶人家，是個代代相傳的聚落，傑瑞米向來對這種「沒有建築師的建築」就興趣濃厚，此時對客家這個族群產生無比的好奇，據說原本是中原的貴族，在北方戰亂的年代不願意和蠻族混居，不斷地向南遷徙，終於在偏遠的山區找到了樂天安命的世外桃源，和猶太人的諸多個性相似！那些建築那種生活那群人等那樣服飾，讓他連連說，好像是直接從宋朝走出來似的，讓他的照相機簡直停不下來。

吳韻梅吩咐傑瑞米和王小松，立刻檢查土樓內部及樓外水源的潔淨，確保遠離糞便和禽畜，又派了村民全時間守護。傑瑞米看到土樓之外的山丘，能耕作的面積相當有限，之外就是蒼鬱的山林，他沿著山溪往上走，確保上游沒有污染，溪寬僅兩三米溪深只過膝，溪水清澈晶亮，河床裡有蝌蚪和小小的銀肚魚，漸漸深入林中，王小松突然發毛：「溪裡有東西吃就有蛇，這種林子住的不是豺狼就是山鬼，不要再走了！」

到傍晚，傑瑞米才有機會細看土樓，前後上下正看得入神，直到面前的迴廊突然一黑，山間的黑夜陡然降臨，一時間眼前昏黑難辨，唯一的光來自土樓圍出的巨大圓洞，天上的雨雲逐漸散逸，露出星光，樓外卻傳來響亮的鳴叫聲，一時間以為是什麼怪獸，原來是當地的樂器聲，緊接著響起嘹亮的歌聲。

他循著狹窄的木梯下了樓，一出土樓滿是耀眼的火光，數百人繞著篝火又唱又跳，不久齊唱漸褪，一位穿戴華麗的男子唱起清越的情歌，是獻給某特定的女子，蘯氣迴腸，把思念和戀慕表露無遺。人群中推出了一個白皙得出奇的年輕女子，雙眸明亮如珍珠，頭上包著花布巾插著繁複的頭飾，映著火光閃閃發亮，回唱的內容是嘲笑他的自不量力，那男子卻不退後，一聲清嘯又開始一條委婉的歌曲，如此你來我往，此起彼落，傑瑞米在紐約總是在音樂廳裡看表演，原來在天體之下聲音也可以這麼響亮，以前希臘羅馬的戶外劇場大概也不過如此。

這些年輕男女有時看來面容溫婉嫵媚，像是方才的山溪水，時而會露出古老而蒼勁的表情，像是尖酷的山石。他在歌聲中和人堆裡找到吳韻梅，她在火煙之中微瞇著眼，似乎樂在其中。篝火越燒越旺，青年們的情緒也越發高昂，從男女對唱到了多人輪唱，各種樂器震天價響，而後篝火分出了幾堆，歌聲樂器聲與歡笑聲此起彼落，變成了一組組男女分別唱和，樂器的花樣就更多了，有的興奮激昂，有的時快時慢，有的卻委婉悠遠，他們身旁的歌唱聲，在兩座斑駁高聳的土樓所形成的峽谷之間激盪。一股奇特的樂音吸引了傑瑞米，他找了機會問吳韻梅：「這個樂器好像在西方找不到對等的，像是一堆竹管綁在一起，聲音也很特別，像是好幾個樂器吹出來的，又像感傷又像歡愉。」

她告訴他那叫做笙，是個奇妙的樂器，各個管子各發其聲，單一樂器就可以和聲。他也玩過薩克斯風，去借了一個吹起來，一時間手忙腳亂，但也第一次看到吳韻梅全無保留的歡笑，他逐漸掌握住要訣，吹得興起仰起頭來，只見雲氣已經完全散去，他想起自己站在歐家大宅的屋頂上，想要望著天上的星光向後仰落，試圖結束不知為何如此痛苦的生命，如今看到她的笑容，只覺得萬千顆的星星以無窮盡的能量，把光芒放送到多少億光年外，都是為了此刻，為了他們兩人趕到這裡！真的是當群星連線時，任何幸運的事都成了可能！

## 行路難

南溪村連續幾天有更多人來趕集，傑瑞米說既然各村人會走動到此，醫療隊就無需移動，而且這是最有效控制疫情的機會，但是藥材消耗甚快。吳韻梅要王小松帶兩輛卡車回廈門去補充，但是他抵死不從，堅持先拉隊回廈門，好好休息一下，補足了精神和補給再來。吳韻梅說隨隊護士會照顧她，後勤工作傑瑞米可代勞。王小松臉色陰晴不定，心想那個護士是個浩呆，凡事都要交代三次的事才會做；白人大少爺還要別人替他打理，除了他這種結合東西訓練的管家，誰還能把吳韻梅照顧得無微不至？

但是諸葛亮也沒辦法違逆劉備的錯誤決定，挽回不了劉備兵敗死在白帝城。王小松心裡又痛罵了幾聲白鯧魚，只好盡快趕個來回，像是腳踏風火輪的三太子。奈何卡車司機動不動就要休息，懶人屎尿多，笨人凡事難！所以只好自己坐上駕駛座，冒著闇黑狹猛的山路，搞了兩天兩夜回到廈門，他又馬不停蹄，分派人手到倉庫提藥材，到市場買食物，拿了小姐少爺的乾淨衣物，第三天一大早又上了路。

車子到了漳州城開始爬山路，黑雲在頭上如萬馬奔騰般急速流過，他估算山區必然大風雨，帳蓬應該撐不住，拚命催趕司機：「駛卡緊咧！駛卡緊咧！」

沒想到司機居然把車停下來說：「你屎在緊嗎？去路邊放一下啊！」

讓他哭都哭不出來。山路就越來越難走，不時有樹倒在路中間，或車輪陷在泥坑，還好他多帶了一班工人做幫手，關關難過關關過。但是大雨全沒有休睏之意，土路成了泥坑，輪胎打滑寸步難行，行路難吶！李白應該都會同情他，他只好讓卡車暫歇，等天氣放晴了再趕來，自己帶了幾個工人，把重要藥材揹在身上，一步一腳印趕往南溪村。他覺得陰森的林木內潛藏著不祥的巨獸，雷聲雨聲就是它的嘶嚎，風災雨災霍亂都是它驅使的小鬼！

第二天雨勢稍緩，一隊趕集的年輕人狼狽地迎面而來，他們曾經到過南溪村，但有人說女醫生竟然病倒了，沒人有辦法，外國人就開了車載她回廈門，可是昨天看到那部吉普車停在路邊，不知道人上哪兒去了，鄉下人說話憨慢，再三追問也夾纏不清，王小松聽了急得要上吊。

他死命地往前奔，山路繞著一片高出的林地轉個大彎，他為了抄近路就直接躍上坡，那片林地被火燒過，剩下焦黃的枝幹，地面上已經長出新的蔓草，不時乍見燒死的老鼠，甚至於蛇的脆骨，還有幾棟房子的遺跡，不知道是否有人燒死在裡面？如今這樣大水，去年卻有旱災，也不知道因為山火蔓燒，還是當地人的恩怨造成的滅門慘事，這附近宗族複雜，閩人客人畲人之間的仇殺也常常發生，這些陰戾事讓他更有大不祥之感。

數小時後，在遠遠的彎路上，傑瑞米像是頭肥大的走獸，上衣敞開露出慘白的胸口，時而低頭時而仰頭好像隻搖擺的船，他的臉漲得像個紅蔥頭，兩眼翻白好像中了邪，肩膀上有個黑白相間像是個太極符號左右晃動，王小松仔細看才知道大小姐的頭臉，已經蒼白到像個鬼了，傑瑞米像是要把她從鬼門關拉出來沒命地狂奔！

傑瑞米看到王小松像是看到了救星，把吳韻梅放在一棵樹下，自己委頓在地，一口氣講了一大串話，醫學話語人體器官的英文，王小松聽了有若天書，只是看吳韻梅的狀況好像比霍亂還要嚴重！王小松說：「你守著她在這裡，我帶來的車子停在十公里外，現在路況好多了，我去開一部過來。」

沒想到吳韻梅突然抓住他的手說：「要走一起走！」

王小松從沒碰觸過吳韻梅，身子像是觸了電的貓。傑瑞米說：「也對！要是又有什麼狀況，分開了反而不妙。」

他又把吳韻梅揹起來，王小松雖然覺得這成何體統，但自己又不敢碰大小姐一根汗毛，只好在後面頂著傑瑞米的屁股推著走，一路偷看吳韻梅是不是還活著！終於看到卡車施施然來了，上了車傑瑞米把吳韻梅抱在懷裡，像是深怕她的小命就從他的懷中溜走了，車子晃動得厲害，王小松知道這病情非同小可，而他從英國管家學來的條理世界，也澈底地破碎崩落了！

## 水缸

夜雨大到帳篷無法支撐，他們只好移到土樓的祠堂裡，傑瑞米用帆布隔出一區給吳韻梅睡，晚上聽到吳韻梅不斷地咳嗽，他熟睡到早上發現她竟未起床，叫了也沒有反應，猶豫中掀起布帳，發現她眼睛半張半閉，口邊都是血跡！

等到護士把她弄醒，吳韻梅懷疑自己感染了肺結核，要所有人保持距離以免傳染。究竟是在哪裡染上的她也不知道，她已相當虛弱，傑瑞米不顧她的意見把她抱上了吉普車直奔廈門。

山路溼滑泥濘處處陷阱，吉普車打滑橫撞上一塊岩石，就再也不能動彈了。傑瑞米見她熱得發燙，有時抱有時揹，在山路間奔跑到眼前只有不同層次的黑，靠著隱約的路面與草地間的痕跡摸索，在極度狼狽中總算出現一絲幸運，一道微暗的光暈引他到了一戶獨居的人家。

他只能用手語求那家人讓他們過夜，那戶人家克服了驚嚇後，不僅騰出房間，還給他們粥喝，家徒四壁竟如此慷慨，令他感動不已，吳韻梅喝了一點就又昏沉睡去，他怕她發燒到休克，又得寸進尺向屋主借了大水缸，放了大半缸清水，大膽地解下她的衣衫，狹窄的長條窗戶透入幾條月光，映照出她嬌小玲瓏的胴體，感覺到她彈性柔軟的肌膚，像是溫潤的玉器。她在水缸中不斷滑下去，他只好也脫了衣服，抱著她坐在水缸裡面。慢慢感覺到她的體熱降了下來，他的緊張逐漸放下之後，身體的感觸卻敏銳了，軀體的接觸讓他的體溫升高到難以克制，靠著深呼吸和低唱著前幾夜學來的山歌，才逐漸平靜下來。想到過去荒唐的性經驗，都只帶給他羞恥和罪惡感，這一刻他卻終於感受到平靜和滿足。

## 吳韻梅

我一開始只是喉嚨不舒服，本來以為是著了涼，而後喉嚨像卡了一粒碩大的果核，吐不出來吞不下去，而且迅速地發芽生枝，向體內長出千百枝灼熱的枝椏戳進胸腔裡去，像是要從體內穿刺出來，到了半夜感覺到臉龐潮溼，一看竟全是血，即使已經高燒到神智不清，我立刻知道應該已染上了肺結核。

我在半昏迷中努力思索，到底是在哪裡得的呢？是在山區還是在廈門就被感染了？應該是在廈門，這幾天太過勞累，抵抗力潰堤了病發了出來，我要大家離得越遠越好，即使死在這裡，也不能在霍亂再加上肺結核的散布，但是傑瑞米卻把我包得像個粽子放上吉普車。我在半昏迷中也不知道過了多久，似事實似夢魘，好像被炮彈打到，被大火焚燒，被埋在地底，又被浸在深海，我像個赤身露體的幼嬰，被一隻碩大的八爪魚包在懷中，我先是對裸露感到羞恥，但慢慢放鬆了，從萬劫不復的窒息中解放出來，任由無形的浪潮推動。

我再有意識的時候，看到傑瑞米把我像嬰兒一樣綁在背上，昏沉時覺得自己好像騎著一條魚在水中浮沉，清醒時才知道他的全身噴著汗水，連耳朵上都有汗水像是小魚般蹦跳出來，原來耳朵的汗腺也可以這麼活躍！

我聽到傑瑞米大聲地吼叫著莎翁劇的對話，大概是來消滅自己的疲累，

「如果音樂是愛情的糧食，就奏下去吧！If music be the food of love, play on!」

「我是否可以把你比喻成一個夏日？Shall I compare thee to a summer's day?」

「真愛的過程從來不是一帆風順的。The course of true love never run smooth.」

「世界是座舞臺，所有男男女女都只是演員。All the world's a stage, and all the men and women are merely players.」等等，不時他又唱起歌劇裡的情歌橋段，我覺得他笨拙得可笑，自己的氣力越來越弱，心想原來自己要在這鬧劇的場景下死去。昏睡中聽到了王小松的聲音就瞬間抓住了他，像是抓到木板的落海人，後來我聽到王小松的洋涇幫英文對傑米說：「請讓我推扶著你的屁股，這樣你比較省力。什麼？你都不怕被傳染，我又哪會害怕呢？」

那一刻，我好像還有一絲回到人世的希望了！

# 聖旨

到了廈門以後他才鬆了口氣，教會醫院全力投入吳韻梅的治療，但他想到可能沒機會再見到她，於是假造聖旨，說是吳小姐指示，他一路帶她回來也有被傳染的可能，也要隔離觀察。吳韻梅稍有好轉時知道傑瑞米在隔壁，就找他到床邊表達謝意，他隔著帳子說個不停，無視醫護的催促硬是坐著不走。

吳韻梅問他，揹著她趕路的時候，是不是在念莎翁的詩句？唱莫札特的情歌？而且問他還會什麼，他乾脆朗讀手中的雪萊詩集，賴到護士都走了，以為她也睡著了，她卻輕輕地說：「所以，在水缸裡，我們有做愛嗎？」

傑瑞米不知道哪裡來的勇氣，無恥地說：「如果說陰莖進入陰道是做愛，那麼就沒有；如果說是在身體上的接觸造成意念上的融合，對我來說，那就是有。」

吳韻梅似乎又睡著了，天花板上的壁虎嘶嘶地遊動，窗外的蟲聲吱吱，月光由窗口斜照進來，她用細微的聲音說：「對我，也是有。」

## 王小松

吳總裁的電報像雪片般飛來，要三小姐馬上回新加坡養病，他會從香港招聘醫師來經營醫院。我雖沒那個好膽向吳總裁建議，猶毋擱我知樣，三小姐毋願轉去新加坡。為什麼我也莫知，以前她毋願，這時她更毋肯了。我們做管家的要能對主人的需要看現現，主人剛有了念頭就開始準備，還要做得無影無聲。如果這是英國人好管家的定義，我甚至於不用看到三小姐都能知道她在想什麼，可能連她自己都還不知，我就知樣了。

但是主命不可違，所以我嘛開始安排大小姐回新加坡，還催辦醫院需要的物資人手，希望她能安心轉去養病，毋過後尾發生的代誌，敢若是我去思明戲院看電影，原來演的是《火燒紅蓮寺》，雄雄畫面一陣黑白亂來就沒去了，大家吹口哨喊退票的時陣擱演啊，放出來的卻是美國電影《劍俠唐璜》，無人反對嘛無人解釋，看了嘛無人無滿意，敢若人生嘛就是這款無道理。

有一天暗時歐先生來找我，要我明天就把三小姐行李送到碼頭，因為穆船長的輪船就要到了。我共他講三小姐這番是坐另一班，由上海往南去的船。他雄雄共我的手臂扭牢牢，敢若我是一仙就欲倒落去的泥菩薩：「我要帶她去美國最好的醫院療養，所以要坐穆西納船長明天從香港開來的郵輪，到日本橫濱換船去美國。吳小姐說，我們上路後你再打電報給吳總裁，說你知道的時候，她已經和我上船私奔走了。她也會再告訴總裁，若不是你，她早已死在山裡，以後吳總裁也還是會善待你。」

私奔？這個英文字 elope 聽起來像是「噗」的一聲就無影了！三小姐見識遠大，心細如髮，患了這樣重病，做了這款人生選擇，還會掛心我的前程。毋過我顛倒感覺毋干，三小姐也不了解我，我豈是這樣反起反倒的小人？當她在路邊抓住我的手，把性命交在我的手裡，彼時就足夠我用一世人來報答了！

我一時起粗殘，真想抓住白鯧魚的領口共他講，你如果敢對不起大小姐一絲絲，我會追到天邊海角擱你拚命，我就算死了，化作厲鬼不放你煞！但是我身為吳氏總管，不能像庄跤來的鱸鰻仔舍按那講話，我只是共他講，我不會打電報給吳總裁，不論是內心還是外殼，不論是表面還是真價，不論是行為還是言語，我攏不會有一點仔對不起三小姐的，雖然阿啄仔不知樣禮義廉恥溫良恭儉讓的意思，但是我猶原希望這尾白鯧魚，能夠知樣我話中的深意！

# 穆西納船長

我收到歐本海默先生的電報時，驚訝得下巴都掉了，第一，我沒有看過這麼長的電報；第二，吳小姐這位傑出的西醫，居然得了肺結核，這個到目前還沒有治療的所謂白瘟疫；第三，雖然吳總裁要她立刻回新加坡去治療，可是歐本海默先生堅持，最好的治療方式就是純淨的空氣和陽光，最好的療養設施都是在歐美的高山上，更積極的治療就是開刀，也只有在頂級好的歐美療養院才能做；第四，他已經愛上了吳小姐，所以要和她私奔（雖然私奔應該是兩相情願，他卻沒有提到她的意願）。結論是，請求我排除萬難，安排船班到舊金山，一路都訂總統套房，以免造成船公司為了隔離而為難。

這個要求卻令我很為難，吳總裁是船公司重要的顧客，違逆他不是個聰明的選擇。我思考了一晚上才懂了，為什麼我無法拒絕他，因為我自以為人生的閱歷很深看人很準，這個狀況卻令我震動！第一，歐本海默先生不是個浪蕩的紈褲子弟；第二，吳小姐不是個只關心救人和革命的世外高人；第三，這不是個白男人娶高級黃女人的簡單搭配；第四，他們為什麼不能先回新加坡，和吳總裁商量好了再走？結論，他們的戀情和生死糾纏一起，帶有某種悲劇性，所以兩人要自我承擔，不要巨大的家族橫在中間。這個怪異的組合、決定、決心，都是這樣的不符合常理，卻很符合我的脾胃，所以我干冒大不韙，盡可能安排了一切。

他們在廈門登船的時候，那個管家的眼淚落得像瀑布，這傢伙總是打扮得像是剛從洗衣店出來，這次卻如此地失態！船行期間，歐本海默先生無微不至的照顧她，另闢一間房間自住，但從早到晚陪著她，她在甲板上休養的時候，他總是在旁邊看書或畫圖，一副老夫老妻的樣子。他以前隨時要跳海的焦躁，和吳小姐像是戴著顯微鏡檢查全世界的嚴格，兩廂都不見了。

在橫濱，他們轉到一艘日美航線的郵輪，我拜託那位船長悉心照料。見他們安頓了，我問歐本海默先生，到底要送她去哪裡療養，他說先到加州觀察，情況可以就到紐約上州，如今最好的療養院，在那裡動手術也可以。我聽他講得深入，儼然也變成醫學專家了。最後我問他，你可以陪她多久？難道歐氏父子事務所不需要你回去嗎？他只回答了第一個問題：

「需要多久我就陪多久！即使病情不需要了，我也不會離開她！」

# 卷三　異果

我，傑可布．諾亞．歐本海默，歐氏父子事務所的第三代負責人，竟然到了八十八歲，因為九十年前父母親在廈門的作為，開啟了我人生的回顧！像是鑽進一本厚重的小說，或是走進一座蓊鬱的森林，再也沒有回頭的意思了。

自從八年前我的第二任妻子伊蓮娜過世，我就想收掉事務所，但是向潮雄和高柏格，像是不肯棄船的水手，事務所像是艘卡在礁石上的船，走不了也沉不下去，我也反常地沒有決斷。後來連我外甥巴比也受不了，帶了所剩的幾個員工搬出去獨立門戶了，唯獨向潮雄像是守墓人般留了下來。

兩個月前的一個早晨，我在三樓臥室醒來，照例到伊蓮娜的房間去，聞一聞味道和看一看樹影下的光度，雖無哀傷之情，也算是一種悼念吧？下到二樓，吃完老管家露西安娜五十年如一日，為我準備的早飯和《紐約時報》，最後到一樓看到向潮雄，覺得他也像這棟老宅的老傢俱一樣老了，眼瞼和兩頰下垂呈現老相，他連看了我幾眼，我就知道他一定有事要問我。

過去至少有若干所學校和圖書館，都登門表示收藏和研究事務所資料的興趣，都被我拒絕了，但是我知道他一直和他們有聯絡，也默默在整理資料。每到一個段落，他都用各種方法來問我，如何對這個階段做個我的定論。我明知道他的意圖而不想理他，但是不時走過他的桌子，看到他打印出來的論述，就忍不住用紅筆寫下我的評語，這段為什麼是無稽之談，那段為什麼淪於陳腔濫調，有時候乾脆打開電腦找到檔案直接修改，久而久之也覺得上了他的當，其實他以退為進，讓我忍不住留下意見，所以是我被他耍得團團轉！

我以為他又要引我去幫他改文章，沒想到他指著螢幕說：「你知道事務所在廈門有設計過這個醫院嗎？」

我果然不知道，但是看那個比例和細部，確實像父親的手筆。

「你不是說，你爸爸媽媽是從廈門私奔的？」

「天吶！我曾經這樣形容過我父母？不過也可以這麼說吧！」

原來有一間廈門的開發商，買下了原來醫院的土地，要整修老屋和增建做為辦公園區，查到了原設計人，發現這間紐約的百年老店居然還在，就邀請我們去提案，我父親常愛說，當群星連線時，任何幸運的事都成了可能！但這件事橫跨半個地球和將近一個世紀，也太不可思議了吧？

「會不會是騙局？要不要找你臺灣的朋友問問？」

當然他早就問了，也和對方接觸了，是個極有規模的房地產商。我知道他不願放棄這個渺茫的機會，他像頭駱駝一樣，平常任勞任怨，卻很難改變他的想法。我也不置可否地上了樓，但是無論如何難以專心，一直想回去看那個舊醫院的照片，終於忍不住了去翻我父母的遺物。

我母親的筆記，都寫得像病歷表地簡要和有條不紊，要是用這個格式寫成文學作品，或許也是個特色；我父親則留下大量的素描和日記，他是個傳統建築師，畫素描像睡覺和吃三餐般頻繁，什麼題材都可入畫。他們兩人都是整理狂，所以要找資料很容易，幾天內我在他們兩人的檔案相互索引，就把當年的事拼出了輪廓。

但是我越看越深，像是春風吹到，一夜間中央公園的樹全都綻放出花朵；一日秋風，可以把上州的國家公園都染成了金黃色。我好像把人生重新走了一次，八十八年「旅程」的風景，也在幾日內完全改變了。

我父母「私奔」的引信，是母親得了肺結核，他們到了美國以後，就住在紐約上州的療養院，雖然有當時無法根治的病，他倆卻像一對天竺鼠，三年生了三個小孩，也就是我和兩個妹妹。為了怕感染，我們一生出就被接回到紐約市的歐氏府邸，父親不理會祖父的冷言冷語，一直留在療養院，工作都要送到山上給他。母親既是病人也成為療養院的醫生，他們有間獨立的木屋，她潛心研究傳染病的防治，書櫃上都是相關書籍，以及與國際衛生組織的往來信件。

父親有時會回來和大家工作一陣子，祖父總是擺出一張嚴肅的臉，其實那是他最興奮的時候，從早到晚都在工作室。他兩人都是畫圖高手，各自坐在桌前，像是比賽一樣下筆如風，然後互相評論討論，我也不甘示弱，霸占一張繪圖桌塗鴉，一定要大家讚嘆才肯罷休。

他們的設計風格很不同，幾天下來也沒有什麼共識，可是父親像是「我知道了」就回山上去了，過一陣子他就會寄一筒圖回來，其實是綜合了兩人的方案，同仁們就分配了把整套圖畫完。很多人都稱他是「山頂上的建築師」，後來終於發明了根治肺結核的抗生素，母親痊癒後他們終於搬回紐約，那時候我十二歲，已經被寵溺到無可救藥了。

我和祖父長得最像，一張寬臉和厚實的身材，連髮流都像，只是我的體格小了一號；也和祖父一樣好勝心強，無論是課業、語言、猶太教義、運動、音樂，什麼事都是競爭，不獨占鰲頭絕不罷休，培養了心高氣傲睥睨於人的可惡心性，不知給別人留餘地，只喜歡順利風光的事，為達到目的「不惜跨過祖母的墳墓」，所以對於家族中晦暗面總是避免面對，直到今日。

在我十歲那年，祖父說我該認識外公這個傳奇人物，其實大概是為了讓我也可以分到遺產，把我送上剛開通的跨太平洋客機，從舊金山經過六天飛到新加坡，票價可以在紐約買一棟房子。外公說難得來東方，除了中文其他都不用學！我當然賣弄聰明，學中文的速度讓外公得意非凡，我會說的所謂中文，夾雜了閩南、廣東、馬來亞、印度腔，就是在這時候學的。外公平時訓誡子孫勤樸持家，卻讓我過著王子般的生活。半年後我回到紐約不久，日軍就攻占新加坡，外公不配合政策，還被日軍逮捕過，後來躲到婆羅洲深山裡直到戰後，那段寵溺我的日子對他一定恍若隔世。

## 歐本海默家族

我想我比父親更了解祖父，因為他倆有嚴重的強父弱子的情結。父親說他幼時，和祖父說話的次數少到算得出來，而我卻是整天跟在祖父身邊，很多事心意相通。母親一直自讀佛學，常說凡人的煩惱都是因為愛寫自傳，誇大自己的長處和得意事，掩埋短處和失意事，忘記了生命的核心。從此觀點我是無可救藥的，除了祖父把他自己捏進了我的體內，我自己也無止境地創作出一個個虛假的自己。

我的祖父約書亞．歐本海默，出生在維也納的猶太商人家庭，奧匈帝國看出猶太人可以貢獻經濟，開放他們從軍和上大學，開始出現大量白領階級的猶太人。但是歐本海默應該是在德國的姓氏，祖父家卻是從匈牙利來的，或許他們是改用主人和老闆的姓氏，或是根本借用了一個像是德裔的姓氏以融入當地，就不得而知了，反正家族史也是另一種自傳體，都是誇大光榮面隱匿可恥面的勾當！

他在維也納念完了科技大學，他說德國的科學和工程是舉世無匹的，又去了巴黎的法蘭西藝術院 Académie des Beaux-Arts 進修，那是當時西方藝術和設計的翹楚。他蒐集了十九世紀歐陸最尊貴建築教育的文憑，又很有效率地娶了我的祖母，她家是在法國定居數代，改信了天主教的猶太人，這都為了沖淡他的猶太背景。在維也納眼看可鴻圖大展，他卻毅然決然移民到了紐約，敏感的他已經意識到方興未艾的反猶太風潮，雖然新大陸不乏歧視和排擠，但是他靠著德國的科技和法國的藝術兩支大旗，扮演著歐洲建築代言人，在文化自信尚未成熟的紐約，他可說是左右逢源！

他又選擇了一九〇〇年（這個年分容易記得）創辦歐本海默父子事務所，單單是這個名字，就流露出古老思維的狹隘家族意識了，其實那時美國的建築已經走出自己的特色，摩天大樓和萊特的草原風格，已經引起歐陸的矚目，但是社會進步是緩慢的，歐洲的古典形式還是頗吃香。他和猶太開發商們可以說希伯來語或意第緒語，共同有不放棄的韌性和無止境的野心，在美國經濟爆發的年代御風而起。他的業務在華爾街有辦公大樓，下城有高樓工業廠房，中城有百貨公司，在周圍還是田園景色的中央公園兩邊設計豪華高層住宅，他的設計一定用最先進的技術，空間和造型卻是古典的。他開業後的三十年間，事業都如日中天，他曾說過，在維也納做人處事，都要因為猶太人身分而要有點抱歉；在紐約，雖然不是「虎頭蜂（WASP – White Anglo-Saxon Protestants，美國盎格魯撒克森裔新教徒白人）」般站在社會的頂尖，可以做到政府建築美術館歌劇院的最尊貴的建築類型，但在商業建築中，他確實如魚得水。

雖然後世的歷史學家談起他來有些貶抑之意，形容為「那個時代」都市社會發展的現象和結果，而沒有歸類為具創意的建築史上的經典。但是直到現在，他的許多作品還屹立紐約街頭，成為城市風景不可缺的拼圖，百年來不知道住過多少名人，到現在富豪們都還趨之若鶩，許多公共建築和猶太教堂，都是世代被愛惜的古蹟，所以究竟是史家的褒捧重要，還是豐富了歷代使用者的生活重要呢？總之，祖父所設計的數量和規模，遠大於我父親，父親又更遠大於我，當真是一代不如一代，和我們成長環境的優渥程度正好成為反差。

我們世代名字都是用 J 開頭，卻沒有人公開承認，是代表傳承猶太 Jewish 的意思。祖父的名字是約書亞 Joshua，名字來源是摩西的左右手人物，後來承襲摩西帶領以色列人奪得了迦南地，找到安身立命的家園，就像他將家族搬到紐約一樣。父親的名字傑瑞米 Jeremy，來源的意思是「上帝會拉拔」，但是古名 Jeremiah 又被稱作「啜泣的先知」，莫非祖父自嬰兒便看出父親的多愁善感，祈禱他得到上帝的拉拔。

祖父為我取的名字是創世紀裡的傑可布 Jacob，也是「取代者」，或許是要我取代父親的不足，又加一個中間名諾亞 Noah，結果母親都叫我諾亞，或許希望我和造方舟的諾亞一般，擺脫家族的舊業徹底重生。我母親有種力量，如草上之風必偃，接著所有人都跟著叫，連我也自稱諾亞，我祖父也只能跟風了。

我父親的個性，不論先天還是後天造成，就是凡事都很抱歉的樣子。母親家雖是基督徒，但母親總是說，這些一神論的天主、基督、猶太、回教，自以為比多神論高級，其實他們的上帝是忌妒心太重，容不下其他的神祇，所以要教信徒們不要驕傲都難。

祖父對父親的教養非常嚴格甚至嚴厲，要在「虎頭蜂」們的教育項目中出類拔萃，不看名字的話，要讓人以為是新英格蘭的世家子弟，但是父親還要學會祖父成長時所有的教養，包括德文、意第緒語、科學、藝術、體育，但是這些教養都變成包袱，都像俄羅斯娃娃一樣，打開了一個又一個，打開到了最後一個，還是不知道自己真正的面目。

而祖父對我則全無要求，標準的隔代教養，其實只要看我長相，就知道不是個純白人，怎麼裝扮也不可能成為虎頭蜂，而且在父親的三個包袱之上，再加上中華和南洋文化的養成，恐怕還沒成年就精神錯亂了吧？還有一個可能，就是祖父終於體會到，他像特技演員在鋼絲上走了一輩子，也逼著兒子亦步亦趨，到了我即使掉下去也沒關係，因為他的努力早已編成了下面的防護網了。

對祖父來說，父親出娘胎就是個「瑕疵品」，尤其嫌這個愛哭的胖子：「他也不會嚎啕大哭，就是沒聲沒息地掉眼淚，一哭就停不下來。還好到了十幾歲，總算把水龍頭關上了。」

不過祖父只知其一不知其二，其實父親從來也沒有變，我們幼時聽父親講感人的故事，我們還來不及感動，他自己的眼角就溼了。有一次告訴我們，他幼年時在街上碰到一條雜種狗跟著他回家，成為他放學後的玩伴。後來祖父買了條受過訓練的純種德國狼狗回來，他覺得很新鮮，每天回家就是和狼狗玩。有天赫然發現雜種狗失蹤了：「他一定是傷透了心，即使沒有飯吃，他也不願意留下來做次等公民！」自己撲簌簌地眼淚像瀑布一樣落下來，惹得兩個妹妹和他哭成一團，而我只覺得祖父是對的，我這個爸爸真的腦袋有問題！

他在中學時經常陷入沮喪，祖父每次在事務所接到祖母電話（除非有天大的事她絕不會打電話來）都心驚膽跳，深怕是爸爸自殺的消息。祖父過世前我陪他散步，他突然指著歐宅曼薩屋頂的拱窗：「那時候他常躲在閣樓，我本以為他是在抽菸還是手淫，恨不得上去把他抓個正著，可是我也沒有勇氣去面對這個場面。有天我加班到半夜回來，一轉過街角就看到他爬到窗外，立在窗檯上看著天上，好幾次好像就要躍下來，我覺得自己一定犯了天大的罪行，要在慘白的月光下目睹兒子死在眼前，可是他終究沒有跳，只是彎下身來哭，後來他終於進去了，我癱軟在地上，那晚卻連回家的勇氣都沒有！」誇獎家人對祖父像是莫大的恩惠，這是他對母親最大的肯定：「這個瑕疵品要繞過半個地球才能找到救贖，但是感謝上帝，讓我不必承受喪子之痛！」

我父親無可無不可地承繼了事務所，就算不是「站在巨人的肩膀上」，也是站在祖父的肩膀上了。母親說：「雖然他從不承認，其實他最適合的就是做建築師。」

她的邏輯就是這樣簡單。我曾經問她為什麼選擇婚姻，她說：「單身就會永遠離不開吳家，接受家裡門當戶對的安排等於也沒有離開，所以我自己找對象結婚比較好。」其實她生命中的矛盾遠比這些猶太男人複雜，但是她凡事保持著冷靜甚至冷酷的態度，應該覺得我們祖孫三代，都有不同的可笑和可憐。

父親開始執業的三十年代，已與世紀初大不相同，歐洲世界對美國建築的樸拙自然，和紐約摩天大樓的技術感到驚豔。法國美術學院的光環已成過時，現代主義的包浩斯先趨們，也對沒有包袱的美國產生無比的憧憬。一波波傑出的歐洲建築師在二戰前渡海而來，現代主義如排山倒海，與美國大量生產的工業系統水乳交融成為主流。

父親的事業前半段，靠著祖父的餘蔭仍有不錯的業務，但是我從來就覺得他的設計路線有問題，既不是祖父的古典建築套在現代營建技術上，也不走現代主義美麗新世界的時髦與前衛，就像他的為人，好像總有所保留有些抱歉，優柔寡斷婆婆媽媽。其實這種看法是我年輕時的虛妄和偏見，看不透他寧願忠實於自己的感覺和思維，不願以偏蓋全地用單一手法解決全部問題。這樣平凡的道理，我也要活到八十八歲才能體會。

祖父告訴過我，他以前碰到英國後裔的「虎頭蜂」業主時，送上名片後他們就會流露一絲含蓄的輕蔑，好像在說「又是個嗅到了錢就不放手的猶太人！」祖父只要能拿到業務都可以忍受，到了父親就情何以堪了，所以他也不太愛和業主來往。到了我中學的時候，突然羅勃・歐本海默先生主持「曼哈頓計畫」成功，被稱作「原子彈之父」，一時間歐本海默變成了最性感的姓氏了！

我自幼鋒芒畢露，愛現小聰明，這時候在學校的綽號是「原子」，每次校內有表演活動，大家鬧烘烘地入座時，就有同學鼓噪：「原子！原子！」

我就會站到座椅的扶手上，用莎翁劇的腔調吟唱羅勃老兄的名言：「如今我就成為了死亡的化身，世界的毀滅者！Now I am become death, destroyer of the world.」

我自幼在各個學科都出類拔萃，但自知不是科學類的天才，也沒有興趣對一個題目無怨無悔地鑽研，我的傾向一直是人文科學，歷史社會國際政治經濟軍事的無窮互動卻令我著迷，祖父把它詮釋成出色建築師的條件：「協調和解決複雜問題的能力」，其實也就是有些人對建築師的嘲諷：「什麼都懂什麼都不懂」的美化而已。

我高中提早一年畢業，而且先修了諸多大學課程，減免了許多學分，兩年就修完了學士課程，又同步申請進了建築研究所，二十歲出頭就拿到建築碩士。我從未對家中提過一字，回家時把文憑放在入口的桌上，到了晚餐的時候祖父得意地說：「要不要替這位天才偽造三年的工作資歷，好讓他光速考上建築師？」

父親卻說：「你一直說學物理和數學要年輕，三十歲還沒成名就沒希望了，可是建築師是老年人的行業，要長久的經驗和社會關係等等，雖然諾亞拿學位的速度驚人，可是不保證他能成為建築大師，甚至不能保證會經營事務所。」

我說：「我也不要留在家裡工作，我已經在沙氏事務所拿到工作了。」

祖父又是訝異又是得意：「你寧願去沙氏父子事務所而不留在歐氏父子事務所？難道北歐人勝過我們奧國猶太人嗎？」

「祖父，你沒聽過這個笑話嗎？七年聖路易拱門的競圖，老沙和小沙都提了案，結果小沙雀屏中選，優勝通知卻寄到老沙事務所去了。所以沒有沙氏父子事務所，只有猶太人會去取這種落伍的名字，我可是要去替小沙工作的。」

「雖然這麼說，老沙下次見到我可要得意了。不過這是個好的決定，老沙能創立的設計學院，幾乎是美國的包浩斯了吧？小沙也是現代主義的大師，而我只是成功的商業建築師，你父親連成功都談不上了，你去歷練幾年再回來，讓歐氏父子事務所重新出發。」

## 陽光加州

在小沙事務所，是我很充實的幾年。事務所的作品動見觀瞻，每個作品都有膾炙人口的著眼點，我是把他的抽象概念付諸實現的大將，法規、工法、技術的問題我都能迎刃而解，大家都以為我家學淵源，其實是我能和小沙心意相通，就像祖父和父親看似貌離神合，其實默契無間地合作設計。

小沙對人開放而慷慨，從不吝於給我讚許和認可，在專業雜誌發表作品時必有我的名字。老沙過世後小沙又接下父親創辦的設計學院院長，也安排了我去教書。學院當時是設計教育的翹楚，我在那裡結識了一時之俊彥，也啟發了對教學和研究的興趣。其中有日本來的槙先生，比我大五歲，東京大學畢業後到美國進修，又留下教書，雖然人在美國，對戰後日本的重建仍參與很深。戰後的日本百廢待興，又因韓戰得到大量資源挹注，成為都市和建築設計的實驗場，槙先生就是我們認識和思考的橋梁。後來他回國後更一步一腳印，成為世界級的大師。

或許是東方的淵源，他也對我提攜有加，也提拔我到其他名校成為全職教師。小沙也不藏私地支持我離開事務所去發展。我受了這兩位大師的影響，醉心於大尺度和時間縱深的思考，帶著學生們癡迷地讀《未來學家》雜誌和類似的設計題目，雖然沒有實現，但是這些設計的前瞻性，讓我連續幾年獲獎和登上重要媒體的報導。

有天小沙打電話找我，說是他得到了林肯表演藝術中心的劇院設計，希望我幫他操刀。經過幾年在學校紙上談兵，也有些膩了，這樣重要的案子他想到我，也令我受寵若驚，想想回紐約也好，畢竟祖父已經九十多歲了。

林肯表演藝術中心是那時紐約最受矚目的案子，裡面有歌劇院、音樂廳、芭蕾舞廳、劇場、廣場、音樂學院，更不要說周邊的商業建築了，建築師都是一時之翹楚，每週五下午都要到基金會辦公室開會，小沙也都會飛來參加，他本來就寡言，說話慢到龜速，比父親還上不了檯面，每個問題他總要醞釀很久，會議室幾十個人都屏息以待，他才終於吐出來：「不是！」我和他心意相通，他只要說完yes or no，我就可以說出通篇的理由，也很少被他糾正，所以我成了大家溝通的管道，能和諸大師平起平坐，我也樂在其中。有一次開得很晚，我陪著他回旅館，他輕描淡寫地說，次日他要動個手術，我也沒有多問，沒想到他才五十出頭，就在手術中過世了。

事發突然，他也沒有留下遺言，樹倒猢猻散，事務所留下的業務如何拆分，因為我只做這個專案，所以也不甚了了，想必也不會太愉快。結果基金會告訴我，劇場成了孤兒，我像是個正演得興高采烈的演員，驟然發現劇場憑空消失，我在秋風橫掃的空寂馬路上走了幾個小時，居然下了個鮮有的決心，回家去告訴祖父和父親，只要法律程序和合約允許，我希望用歐氏父子事務所的資源去完成施工圖，但可能什麼報償和業績也沒有。

最後是祖父出面安排了合約，讓一切合於程序，把小沙事務所未付的顧問費和開銷扣掉，費用已微乎其微，但是祖父再一次縱容了我，他和父親都經常陪我畫圖到深夜，還開玩笑說：「我死後碰到老沙，可要告訴他，是歐氏父子幫了沙氏父子！」

我因此在家裡住了一年多，就在要劇院工作完成時竟受到了邀請，去面試加州大學洛杉磯分校的教職，也成功拿到建築系第一任系主任的職位。後來才知道，小沙生前就強力推薦我，還找了幾個大師包括楨先生背書，所以祖父還是沒有贏，因為沙氏也不是沒有幫歐氏！

那時候我才三十出頭，當真是意氣風發，我又自己開創了工作室，希望能和小沙和楨先生一樣腳跨業界和教學。祖父一廂情願地認定那是歐氏父子事務所的西岸辦公室，慷慨地固定寄錢給我，我也狡猾地照單全收，這讓我住豪宅開名車，過著高級舒適的生活，以系主任身分，出席各種活動，餐會、展覽開幕，像旋轉門一樣交女朋友，白的黃的黑的棕的一視同仁，這個似可無限發展的城市代表了未來，覺得那個陰鬱的城市，古老的家庭，和世界潮流無關的事務所，和我也沒什麼關係了。

我在募款餐會上遇見第一任妻子佐藤涼子，我先做了一場演講，內容是如何保存加州的少數族裔社區，我從講臺上就注意到了她細長爍亮的東方眼睛，用餐時她主動來找我，她是加州土生土長的日本人，祖父母在一八九五年由廣島以移工身分來到加州，幾乎就是祖父由維也納來到紐約的時候。

她的祖父有江湖豪氣，成了洛杉磯日本人小聚落的頭頭，也和我的祖父一樣善於經營，除了做雜貨貿易也開始經營地產，到他過世已經成了不小的地主。二次大戰期間她家和所有日本移民一樣，都進了集中營，但是她父親上過大學也頗有手段，戰後不但把財產都用法律手段取回，其至還靠著抗議政府的不當行為，爭取到更多經商權益。她幼時在集中營的生活完全無礙她成為嬌縱的富家女，猶太富家女常被稱做猶太美國公主 **Jewish American Princess**，簡稱 **JAP**，把第一個字猶太 **Jew** 換成日本 **Japanese**，正好可以用在她身上，而且她還是個真正的老日 **JAP**。

除了名字和長相，她沒有一丁點東方成分，她有商學和法學的雙學位，那時她家的土地多被變更為住宅區或商業區，開發後更成價值不斐的不動產，她出席那場餐會，就是來觀察是否有保護團體反對。我雖然意識到她的意圖，卻被她的精明而世俗，目中無人和凹凸有致身材完全地吸引，就這樣一次次地約會，像是得了猩紅熱，不到一年就結了婚。

但是我為什麼被她吸引呢？如同傑克倫敦的名著《野性的呼喚》，或許是我父系猶太人，母系華人的經商本性，而被她幹練敏銳的商業本能，和直來直往的作風所吸引，她可以把宏觀的經濟學和地產股票的炒作連成一線，精妙得令我叫絕，連同她加州的陽光般性感穿著和舉止，合成一種難以抵抗的呼喚吧！

她不到一年就產下了女兒，不久兩人之間無論什麼呼喚都消失了，原來吸引彼此的原因都變成了厭憎的理由，我忙於教學、系務和事務所，早出晚歸；涼子也成了家族企業的執行長，我們倆好像比賽誰在家的時間最少，所以女兒是由保姆帶大，被她家寵成另一個 **JAP**（她兼有猶太和日本雙重身分，可以稱為 **JJAP** 了），為她設了個人基金，廿歲以後就開始支付，我祖父也不甘示弱，送來諸多誇張的禮物，包括她幼時就有匹迷你馬，十歲時就送了匹寄養在馬場的名馬。兩邊祖父母的競爭讓她此生做個廢人也不用擔心了。這種貌合神離的日子過了兩年，結婚時我祖父說要送個房子給我們，她卻在距我學校甚遠的帕薩迪納買了房子，我就在聖塔莫尼卡海邊租了一間公寓，省得天天開三小時車回去看臉色。

但是我仍然是興致昂揚，那時候我們的學院人才濟濟，而且年輕充滿活力，駸駸然有與包浩斯看齊之勢。系館裡學生和教授們思辯討論，對於現代主義悖離了社會主義，以理性為名卻造成千篇一律的環境不滿與撻伐，對於尊重歷史紋理多元文化，呼之欲出的後現代主義感到興奮又憂心。一位來自南非的女教授發表諸多發人深省的理論，後來她和先生合著了好幾本書，複雜與矛盾的理論開啟了後現代主義的先河。以我所見，主腦其實是她！總之，那時學校的活動都極具創意和啟發性，連電影工業都風聞了趕來錄影。

有天接到涼子電話，要我當天下午回去看女兒，順便簽離婚協議書和房子的產權拋棄書，房子雖然是祖父送的，但是她認為都是她在付稅金和維護費，所以該歸她，她說已經找到買主，我也懶得問是她的買主還是房子的買主。

那時候我開著嶄新的保時捷跑車，因為太久沒有回家，居然找不到車庫的遙控器，只好把車停在路邊。涼子當然不在，只剩下保母和女兒，以及客廳桌上要我簽的兩份文件。

我女兒或許是體會到有些異樣，那天表現得特別乖巧懂事，我陪她玩了兩個小時離開時，到了路旁卻恍若隔世，因為已經沒有了保時捷跑車的蹤影，我來來回回走了幾圈，南加州夏天的落日掛在地平線上逐漸地暗淡，青綠的椰子樹葉逐漸地轉黑，我終於領悟到，我一口氣失去了妻子孩子房子車子。

但是離婚似乎把我的命運給逆轉了，我竟然像個洩了氣的輪胎，新車新衣服新女友都沒有用，好像我原來所見的洛杉磯都是向陽面，這時候突然知道這個陽光都會竟也有沉重的陰翳面，陽光永遠沒有直射，飄浮著窒人的溼氣和腐臭，長滿了青苔和毒蕈。

不久，祖父以近百歲高齡去世了，我意外地發現像是被愛哭鬼的父親附了身，開會時甚至睡夢中都不自覺地流淚，去看心理醫生，任誰都知道這是沮喪或者憂鬱，聽了些了無新意的名詞，但不可否認的是我時時無法控制情緒而失態，就請了一年教授進修假，回紐約去參加喪禮，離開一下南加州。

喪禮後百無聊賴，常晃去林肯中心，啟用後已是紐約表演活動最重要的地點。每個廳我都數度造訪，驗證當年諸位大師的設計，是真可以實現還只是吹牛男爵的空想？是偉大的構想還是國王的新衣？我沒事就在圖書館廝混，有一天有位臉龐瘦得像釘子的男子問：「請問你是歐本海默先生嗎？」

原來釘子臉早些年就加入籌備處，如今留下來負責場地管理。我也覺得他眼熟，只是他原來的長髮成了禿頭，我卻像是被達麗拉剃了頭髮失去了神力的參孫。他不忘感謝我把小沙的傑作完成的義舉，我抓住機會，請他帶著去看各個廳的舞臺和後臺，他不厭其煩地幫我安排，我鉅細靡遺，連升降和吊桿設備、貓道、控制室細細看來，最後來到芭蕾舞廳，一位中年女子由練習室中出來說：「聽說你是當年的建築師，我有些意見可以和你討論嗎？」

釘子臉說我是設計劇場，而不是芭蕾舞廳的建築師，但我連忙說沒有關係，因為我對每一棟的設計都知道。她就是我的第二任妻子伊蓮納，那時四十歲，嬌小身軀依舊纖細苗條。她是有成就的舞蹈家，那時已經以教學為主。她的氣質飄逸出眾，雖是西方人的五官，卻比我母親還要秀麗細巧（相較之下我母親反而有南洋的粗獷），完全沒有人世間的濁俗之氣，我像是遇了磁鐵的廢鐵罐頭被她吸引，覺得她是自由的精神與軀體的化身。

我從全職廢人變成全職追求者，但應該是我做過最有意義的事。我故意不去昂貴的餐廳，總是找些「老媽老爸的小餐廳」，在只有幾個位置簡陋裝潢的空間，吃私房菜喝中下價位的酒，然後慢步送她回家。果然紐約還是有獨特的浪漫，是南加州絕對沒有的。另一方面我安排了去歐洲旅行，由倫敦巴黎漢堡維也納羅馬，又旅遊又去各地最好的表演廳看演出，這時我當然出手闊綽，但是她對小餐廳和大旅館都是一樣的反應，都可以樂在其中。

她那時正要把舞蹈工作室搬到卡內基廳內，此廳興建的一八九一年時，中城附近還是一片田園景象，為了增加收入，在頂樓和側翼興建了幾層工作室讓藝術家們租用。她的工作室四面牆壁都是鏡子，高達七米的空間上有天窗撒下自然光線，我獻殷勤為她整修，包括修補漏水的天窗，回聲太強的牆壁，汰換老舊的管線，改成柔和的燈光和色彩。我再次慷父親之慨，忙起來就動用事務所的職員畫圖，甚至把結構機電聲學顧問都押來協助。父親假裝沒看到，只有剛進事務所的巴比．高柏格，也是我的外甥，是個不識相的大嘴巴：「這些工時要算到哪個案號？沒有案號的工作為什麼有開銷？」

好像他已經是合夥人！有天他跟著去卡內基廳測量，正巧遇到伊蓮娜，他終於恍然大悟，拚命向我擠眉弄眼，好像得了什麼眼疾！不多久親戚們紛紛打電話來，問我什麼時候要再婚。

伊蓮娜的預算很有限，她不像很多藝術家不諳世事，絕對不要我私下墊錢給施工廠商，所以很多工作，我乾脆拉了巴比去做工。我們拿出做模型畫細部的訓練，自己想辦法利用工具和材料。伊蓮娜也換了工作裝，和我們日夜一起做工，這也成為我最自然得接觸她的機會。她雖然以前和施工從無接觸，但是很有耐心也不怕困難，好像在練一個高難度的舞蹈動作。我望著她專心地學著怎麼調油漆，額頭冒出微微的汗，幾束不聽話的細髮由腦後的馬尾裡逃脫出來飄在她的額前，和她細巧的五官相映，讓我難以移開目光。

我在做設計時通常都十分亢奮，甚至帶有憤怒和急躁，像是要圍捕一隻頑強的野獸，機會稍縱即逝，隨時隨地要找到直達目標的最直接路徑，對屬下嘲諷咒罵好像是推動火車頭的動力，但是她雖然安靜地執著和沉醉於舞蹈，卻完全沒有我這種自以為大師的姿態和狂傲，和她一起做事卻讓我平靜，像是在為一艘帆船掌舵，沒有什麼言語，卻要盡量地感受風和浪的脈動，彎彎折折迂迴地航向目的，甚或有沒有達到目的地也沒有關係，飄流到的地方有可能比目的地更好，這就是伊蓮娜！

回到洛杉磯時，系裡像是發生了政變，系內的諸多委員會都換了人，我設的許多規定都遭遇質疑、挑戰、變更，學生顯然受到鼓動，甚至在我的課堂上公然抗議，創系之時華路藍縷，爭取學校資源，校外捐款大多是靠我，那時候我在業界的戰功彪炳，口碑和得獎又多，所以大家都以我馬首是瞻。如今系務穩定，我卻已霸占系主任位子到了第三任，成了大家升遷的攔路虎，自然成了眾矢之的！我也無心和豺狼廝殺，每天只想飛回紐約找伊蓮娜，像是隻在火山口盤旋的鳥，找不到落腳的地方，就在此時接到了母親的電話。

她從來不像華人或猶太母親要抓住兒子，她找我的頻率基本上是接近於零：「諾亞，這件事和你無關，但你應該知道，我已決定搬去婆羅洲，我出生和成長的地方，創辦一個平民醫院，應該不會再回來了。我年輕時就想在廈門建立現代的醫療，結果自己得了肺結核，只好來美國治療，以後再無機會。」

她又說：「你的外公十二年前過世，也不忘留給我一筆遺產，可是有一個條件，就是我七十歲才可以動用。其實從我年輕時候，他雖然贊成我做醫生，卻一直反對我到落後地區去工作，我得了肺結核以後更是如此。這個遺囑上的條件就是希望我老了就會放棄，他不知道我過去四十多年來，一直參與衛生組織工作，也沒料到我過去十二年更是韜光養晦，儲備能量等這一天，尤其是我年紀越大，越感覺到故鄉的引力。有人說，人到了死以前說的都是鄉音。」

這一點我知道，她大概五十多歲起，就開始愛用中文，研究佛法，練習書法，她說的中文和我當年在新加坡學的類似，以閩南語為主，夾雜了廣東話、北京話，甚至有馬來和印度語。不過她的書法寫得很道地，各種字體都寫得很好，更有她獨特的風格，我雖中文程度有限，但對視覺效果卻是很有敏感度的。她尤其喜歡寫大字，在架子上堆成幾十張一疊，我不時去翻看，覺得構圖有趣又有意思的就揀出來掛掛。

「所以我就選了父親的發跡之地婆羅洲，這是我父親精明一生卻失算的地方，忘了我是他的女兒，遺傳了他永不放棄的倔強和韌性。這筆遺產反而因為多放了這些年，兄長們經營得當，價值翻了好幾倍。你外公真的有點石成金的命，凡是和他有關的事都會賺錢！但是，我用這筆遺產成立了基金會，你和妹妹們就拿不到了，我希望你們能了解。」

不消說，這筆遺產絕不是歐本海默家的這點局面可以比擬的，但她的事是沒有人可以管的，所以我連父親的打算都沒有問，後來還是父親打給我：「諾亞，這事有些唐突，我也知道你在洛杉磯做得有聲有色，但是你要不要考慮回紐約接下事務所？因為我要跟著你母親去婆羅洲了。事務所已經七十年，表面上我主持了三十年，其實大多是你祖父在掌舵，要不要持續下去就看你了。不要有壓力和負擔，你不願意我也理解。」

這讓我傻住了，原來我真的不太了解他，或是從沒有想了解，但是他們的決定逼迫我要做決定。原本自以為在西岸和學術界走出了一條路，並不想託祖先餘蔭，但人生在任何年紀都會給你教訓，突然無可留戀的西岸，伊蓮娜，真空狀態的歐氏父子事務所，好像很難卻也不難的決定，我終於辭了教職回到紐約。

## 致命缺陷

我得到最有價值的，就是上東城的祖宅，這是祖父在一九二〇年所建的，如今正好滿百年了，這整區街屋都成為受保護的歷史建物。祖父當初買了兩棟街屋的土地，面寬有近十二米，在那條街上特別突出。

我一直以為是祖父的設計，這次深挖資料才知道圖都是父親畫的，想必也是父子同工的成果，既有法國藝術學院的華麗又有世紀初美國的簡約，四層樓和一個閣樓，鄰街面有五列窗戶，除了幾個簡潔的古典元素，整個外牆是淺灰色石灰岩，用深溝縫累疊出堅固感，到四樓戛然而止，一條古典的簷口上去是閣樓，用發綠的黃銅包覆出的法國「曼薩」屋頂（mansard roof），表現出「不是我錢不夠，我就要這樣簡潔」的意思。

內部格局如同紐約的標準街屋，由街面往下走幾階是一樓，是廚房、餐廳、機房、傭人房和後院，由街面往上的階梯通往二樓，是客廳、正式餐廳，和書房，三、四樓是臥房、起居室、娛樂室等，從最初就設了電梯，因為是兩個街屋的寬度，所以非常地寬敞，祖父活躍的時候，經常在此宴請業主和朋友。祖父曾說：「當初蓋這棟房子財務確實有壓力，可是我就是要讓業主動容！」

父母親搬去婆羅洲時，要把房子清空了給我，我說不需要，不要帶走的東西都留著就好，我只把三樓修改給我和伊蓮娜各一間臥室各一間書房，所以四樓一直保持他們生活的原狀，這次要看他們的資料也特別容易。伊蓮娜過世後她的房間我動也沒動，這棟祖宅基本上是個沒有死人的墳墓。

我才接事務所兩年就遇見石油危機，市場在一夕之間蒸發，事務所用了數十年的辦公室和三朝元老，都在沒有選擇之下放棄和遣散。進退維谷之時，伊蓮娜的藝術家朋友們竟然知恩圖報，逼著卡內基廳的管理處騰出一間大工作室給我。當時廳內工作室非常搶手，只有傑出的表演藝術家才有資格申請，連視覺藝術的都很少，更不要說建築師了。只因這個因緣，歐氏父子事務所的金色招牌還有牆壁可以掛。

一樣也是無心插柳，因為幫卡內基廳修房子，意外有了古蹟修復的經驗，市場上雖沒有建築案，紐約卻不缺有錢人，許多祖父當年設計的房子都已是名宅，無論要整修，或是有新進的住戶要做裝修，竟成了我們的主要業務。設計費不夠，只好連工程都接，因為幫伊蓮娜修工作室起，我和巴比連刷牆壁抓漏水修電線都學會了，搭配幾個木工電工就成了個小工班，我每天搞得臭汗淋漓全身塵沫油漆，讓伊蓮娜和我更為親近，她和我母親一樣，對人生的順境逆境都能泰然處之。母親像冷眼旁觀，她卻是再辛苦也不改其樂。

我又在維州大學覓得講座教授的職位，似乎在汪洋中摸到了陸地，哪能管它是不是個無人島呢！我盡量把每週的課集中在三天之內，可以在紐約的時間多些，雖然我對教書還樂在其中，卻總有些落落寡歡，保守的南方也和我也格格不入。我授課向來不限於建築，而是從宏觀的都市、政經、歷史融合建築，過去在前衛學院是最搶手的課，卻被這裡的師生歸類為危險的左派言論，反而外國學生成為忠實的聽眾，包括向潮雄，他不像一般亞洲學生急切與現實，我講到的題材他都興味盎然地去查閱和慢慢地消化。

一直到紐約市的景氣逐漸回春，我聯絡舊有的關係，到了時機成熟就遞出辭呈，和洛杉磯的狀況一樣，一夕之間我從千夫所指變成全民最愛，一群人豺狼禿鷹似地爭奪我留下的空缺。就在我遞出辭呈之前，向潮雄問我，在紐約有沒有建築師朋友要找人的？來得早不如來得巧，在巴比撐持了五年的五個原班人馬外，他就成了第一個來加入的職員。

那時候我還在卡內基廳，即便有些擁擠，我還很留戀那個氛圍，後來太多人爭取工作室，為了不讓伊蓮娜為難，我才把事務所搬回到祖宅的一、二樓，雖然使用有些勉強，倒也別有一番風味。到了二〇〇七年，卡內基廳把所有工作室都收回整修了，伊蓮娜已經不再活躍，才把她的東西搬回祖宅的三樓書房。四年後她過世，我每天早上都進去她的書房看看聞聞，好像條比主人長命的狗。我一向以為，父親愛哭的最大原因，是感到時光的推移無法阻擋，所以我特別注意，不要墮入這種情懷，自以為也對「逝者如斯不捨晝夜」的喟嘆有免疫力，但是我每到伊蓮娜房間，都會再想起過眼雲煙，她的一個眼神，一絲微笑，一點蹙眉，一下手勢，一聲嘆息，甚至她抬頭看我，由她戴的太陽眼鏡反映出來天上飄過的雲朵，都會浮現在我面前，而且和發生的那一刻有同樣的臨場感，這些回憶還是控制傀儡的絲線牽動我的心思，我像是被蜘蛛絲困住的昆蟲一樣無所遁逃，這就是沙文主義男人的報應！

從祖父的頂級業務，到父親的中級業務，到了我簡直沒有規模了。祖父曾說過：「其實做一個成功建築師不困難，而且每個人幾十年執業生涯中，都會得到一些機會（俗話說『每隻狗都有幸運的一天』），可是大多數人在個性上都有些致命的缺點，讓他們與良機擦身而過！」

我個性的缺點罄竹難書，最致命的就是自我太強，英文的 ego，我母親說，翻成中文為「自我」不如「異果」來得傳神，就像是聖經裡的「禁果」一樣是很要命的毒藥，尤其是西方的藝術包括設計教育，就是培養異果。她還說，要培養一種純種狗，要經過五代基因的調配，所以古代很多家庭世代都是工匠，做了五代以後簡直天生就會做手藝了，但是建築師家族不用傳到第五代，就會生出自我中心的異果狂了！

她這樣淡淡冷冷若即若離的英國式的幽默，像是告誡又像是玩笑。她過世前寄了她的遺囑和一幅字給我，上面寫著「無來，無去，真正無代誌」。她說，這是一位異人廣欽老和尚的話，此人沒有讀過書，像是禪宗的六祖惠能一樣獨具慧根，一生由閩南到臺灣都是苦修行，這句話的意思，大致是我們所見的都是幻象，而佛性是不變的。言簡意賅，大道至簡，可以點破所有的自我和異果。她這最後的努力，也改變不了我自高自大的基因，一輩子被異果所苦。

兩代留下的關係和名聲，也不是沒有好案子上門，但是我總要語不驚人死不休，每個提案都是突破性的設計宣言，用人所未見的手法，把純粹概念執行到底，常把業主給嚇跑。我的壞脾氣也不知氣走了多少員工。我對設計是控制狂，看圖時總是嫌東嫌西，罵大罵小，我的口頭禪：「每個案子至少有一個王八蛋在搗蛋！可能是業主、顧問、營造廠，或是事務所裡的員工！」

後來我才知道有人回諷：「諾亞說得對！每個案子至少有一個王八蛋，因為每個案子諾亞都會管！」

所以，三十多年來只做了些中小型的案子，而最穩定的業務，竟是因為我一輩子中僅有的兩件義舉，第一種是替別人繪製建照圖施工圖，那是因為我為了完成小沙在林肯中心的遺作，收拾完成了最後階段的設計圖說；第二種就是為了追求伊蓮納，變成了古蹟修復專家。我自幼驕縱慣了，我行我素，除了這兩件事，鮮少為人著想，竟然也因此得了福報。但是這些局部的、整修的案子，和我年輕那種志大才疏，氣吞山河的野心，成了最大的對比和反諷。

伊蓮娜過世後，我的生活只剩下一件事，研究向來有興趣的貨幣金融學。對於人生我是困而不學無可救藥，對於感情到中年後才困而學之，對於建築是學而知之，但是對於經濟我絕對屬於生而知之！很容易就看出脈絡、邏輯、騙局和國際勢力間的角力與起伏。我的論文寄到《經濟學報》受到矚目和討論，被邀請去國際論壇和擔任講座教授。不喜歡我的人說我寫的都是「想當然爾」的意見而非理論；喜歡的認為我是難得的靈光乍現。受到的注意遠超過我在建築界幾十年，真是讓我捧腹，好像又對無理的世界開了個玩笑！

我明明知道，巴比、向潮雄和露西安娜，非常精省地維持這個局面，除了歐宅的水電房屋稅維修費，還要支付百年業績的沉重專業保險費，卻仍然任性地讓他們不好過，動輒說要關掉事務所，好像我對這百年事務所，和貢獻了幾十年青春歲月的他們，有多麼厭煩。

但是這次「廈門餘波」，讓我把父母親的資料翻過一遍以後，在生命的終程竟然看到不同的風景。除了伊蓮娜是我靈魂的伴侶（如果人有靈魂，或者說連我都有靈魂的話），我生命的親人前段有三個人，祖父、父親、母親，他們留給我的基業和教養，優渥而豐富的環境，能夠濡染各種學問和品味，而我竟愚鈍到今日才悟出一點人生的智慧；我生命的後段也有三個人，向潮雄、露西安娜，和巴比．高柏格。我這樣占盡了好處還遠遠不滿足的人，也該在此時體會和感激我所得到的善意，乃至於慈悲，和做出我的回饋吧？

我又能回饋什麼呢？絕不是當面說謝謝，因為惠而不實；也不是折算成錢財，因為只是對他們的侮辱，他們的善意和慈悲是自發湧冒的泉水，是珍貴而無價的。這三個人最希望最需要的是什麼呢？不就是歐氏事務所能夠延續下去嗎？

所以我雖然像狗改不了吃屎般，忍不住說些刻薄話，也還是靜下心來，用有限的精力做完了廈門的設計。在這個回顧中體會到，如果只用一句話形容，祖父的設計精神是「恰當的堂皇」，不會太過也不會不足；父親則是「低調的豐富」，絕不隨意放棄也不過度表現任何題材。和我過去所見相比，真的是「見山是山，見山不是山，見山還是山」，我希望有了這樣的加持，向潮雄的廈門之旅真能有所斬獲。

無論結果如何，我也決心收拾起犬儒心態，找向潮雄和巴比，把事務所的百年的資料圖說整理起來。不是為我，不是為歐本海默家族，而是這些資料已是建築史的一部分，即使「整個世界就是個玩笑，但也是個嚴肅的玩笑！」我也責無旁貸應該讓它流傳下去，這句話是誰說的？管他呢，也許是我說的吧！總之，即使每個生命都有缺陷，每個設計都不完美，每段歷史都是虛妄，整個世界都是玩笑，這玩笑也已是無法竄改的真實了。

# 卷四

# 無來無去

## 戀手癖與轟炸大隊

在餐廳坐下來，陳國懷忙不迭地看酒單：「你們在美國住久了，還可以喝高粱嗎？還是喝紅酒比較習慣？」

「你酒要少喝了，一下子就戒可能太難過，可是沒有決心戒又會造成更多後遺症，不如從今天做起設定一個量，一天一杯紅酒，控制不了就要去治療。」

她極有效率地點了菜和酒，陳國懷像是被老師糾正的學童，訕訕地找話題：「你已經退休了嗎？怎麼有空到金門來做生態嚮導？」

「兩年前我先生開會時突然中風，還好急救回來不算嚴重。他其實早就過了退休年齡，就是不捨得退，我就和他一起辦了退休，全時間照顧了他兩年，他也恢復得很好，半年前我爸爸要動個大手術，我就回來照顧，我爸爸手術後也慢慢穩定了，前一陣子我和大學賞鳥社的朋友聯絡上了，現在是候鳥季節開始，就拉我一起來做嚮導。」

「你先生不是和我們差不多年紀嗎？怎麼會早就該退休了？」

她僵了一下說：「你說的是盧世誠吧？我們早就離婚了，你不知道嗎？」

眼睛望了望向潮雄，似乎感謝他沒有在背後數說她，又說：「其實他原來有個交往很深的女朋友，他也和我一樣，也無法違逆父母的安排，以為結了婚就不會有問題了，但是婚後他一直悶悶不樂，不時怨我為什麼要答應，我更是笨到以為生了孩子就會好轉，三年裡生了兩個，沒想到他越來越陰鬱，生活裡簡直沒有晴天，我唯一做對的事，就是絕不放棄工作，產假一結束就回藥廠上班，小孩都是送到育嬰中心，每天趕進趕出，我要求他分擔家事，主要是接送小孩，他總是抱怨打斷了他做實驗的時間，後來疲倦也讓我們關係緊繃，常常吵架，兩個兒子年紀近，受了我們的影響，動不動就吵得不可開交，有一天我在做晚飯，兩個孩子一起洗澡又打了起來，我聽到他從書房衝往浴室，突然覺得不對勁，趕過去看到他拿了清馬桶的刷子，沒命地打兩個小孩，我連忙隔在中間，他一巴掌把我打得撞到浴缸上，他也嚇到了，就開了車子出去了，我本來以為這是個偶發的失控，可是沒想到越來越嚴重，越來越頻繁。」

她突然停了下來，陳國懷漲紅了臉怒視窗外的黑夜，好像他眼中的怒火和超人一樣，可以透過時光隧道燒死這個恃強凌弱的懦夫，向潮雄只知道她離婚了，也不知道她曾經過這樣的折磨，頓時覺得自己是另一種懦夫，因為他每聽到尷尬難過的事就坐立不安，恨不得能離開，他已經喝了一杯，酒氣由體內浮到了臉上，思緒和行動開始失去自主性，目不轉睛地盯著她端著酒杯的手。

他從來就愛看女性的手，他聽過有「戀足癖」，那麼他就是「戀手癖」。周善敏的手掌瘦而薄，每一根每一節的纖纖玉指都出奇地長，骨肉亭勻優雅細巧，這是她最女性化的部分，也是以前他最迷戀的部分。她在實驗室操弄試管了幾十年，也沒有改變這雙手的魅力。他企圖回想握住那雙手的感覺，似乎是不抓緊就會像游魚般溜走，輕輕地捏住的話像是乳房似的柔軟，可以讓他立刻開始升旗典禮，但那個感覺只停留在模糊的記憶，也像是游魚般瞬間溜走。

智媛的手同樣令他著迷，雖然比較寬而厚，手指卻較無肉感，智媛凡事都有目標有方法，手的動作在柔軟之外也充滿力量和決斷。那年初冬走在紐約街頭，兩人都沒有戴手套，他抓著智媛的手放在自己的口袋裡，智媛的手指總是輕輕地在動作，像是樂團的指揮，問她在想什麼而牽動了手，她總說沒有在想什麼，智媛的感性或性感十分自然。他以往和周善敏親熱時，她總是非常地僵硬與緊張，在唯一與他裸裎相見時也是一樣，處於似乎願意卻完全被動的狀態。智媛卻會主動讓他知道，是否喜歡和接受他的示愛。

他和智媛第一次親熱是在初春時分，先在中央公園走了一下午，智媛穿了一件連身的毛線短裙套裝，露出修長豐腴的腿，她沒有戴胸罩，但是乳房傲然挺立，偶然的顫動時而吸引不少路人側目，讓他替她靦腆卻替自己驕傲，還是替她驕傲而替自己靦腆。她不論露出身體什麼部分，都顯得健美而非暴露。晚上去看百老匯秀，智媛坐在他右邊緊緊地貼著他，坐下後腿露出更多，他忍不住把左手放在她大腿上，她也全不在意，逐漸她的身體好像融化了成了流體，似乎毫無空隙地包覆了他的右半身，他笨拙地伸出右手攬住她的腰，黑暗中卻握住了她的乳房，她卻夾住了他想要縮回的手，這下子是他的手變成了永續機具，緩緩地不斷地撫弄著她的乳房和大腿。送她回公寓時，她什麼話也沒有說，只是沒有放開他的手，他也遵循一輩子的人生哲學「從善如流」或是「隨波逐流」，沒有緊張沒有勉強，他終於完成了韋小寶的「大功告成」。他猜想她絕非處女，反而隱約希望她沒有看出他還是個處男。

周善敏正在講述人生中的磨難，他卻只想到戀手癖和性愛，正自覺無可救藥，她又說：「你們不用替我氣憤，遭到家暴我當然委屈，本來遇到這種事，第一個會向娘家傾訴，但是我冷靜下來做了些研究，諮詢過心理醫生，有家暴傾向的人和染了毒癮賭癮一樣，即使接受治療也未必能根治。我仔細想過，如果雙方父母出來一定勸和不勸分，讓他一時之間自我控制，卻會像個不能控制的未爆彈，如果最後還是鬧到離婚，公婆們一定會來搶孩子的撫養權，我是受了高等教育，有自主生活能力的人，我不能把一生押在他能不能改變上面，讓自己活在恐懼中，讓孩子在暴力陰影下成長，我更不能為了要做順從的女兒，成為悽慘的妻子，和不負責任的母親。

「所以我默默地把每次家暴記錄下來，在心理醫生那裡也留下紀錄，我向鄰居的太太們訴苦，求她們聽到爭吵聲就找警察來調解，所以警察局也有一疊調解紀錄。他下手越來越重，從打耳光到拳腳相加，有一次要把兩個小孩的頭撞在一起，我用火爐的鉗子把他逼開，他氣到抓了我的頭去撞牆，我的額頭流血不止，我早已經和律師談過，知道這時候已經累積夠了足夠的證據，等到警察來照完相做完紀錄，我當場就帶孩子離了家，他憤怒到了極點，但是在警察眼下也無可奈何。第二天我就訴請離婚，果然官司中父母公婆都飛來了，但是不論他們怎樣求我勸我氣我責備我，我都不為所動，我像外科醫生一樣精準而冷酷地辦完離婚，拿到孩子的撫養權。他完全沒有料到我會如此處心積慮，但他再也不必持續人生的謊言了，如果他曾經怨恨我的順從，這時候就應該感激我的果決吧？怎麼樣？很出人意表吧？我原來是這樣滿肚子陰謀的人？」

說到這裡她卻落下淚來，陳國懷說：「怎麼會呢？這不是大快人心嗎？還好我太太沒有這麼有思考力，不然我也早被掃地出門了，不會讓我這樣若即若離，還能做個 part-time 的半職先生。」

「可是你有過家暴行為嗎？如果有，你太太也會逆來順受嗎？如果沒有，可能只是因為你事業的挫折，讓你以為婚姻也出問題，其實你太太可能根本不在乎你的事業呢。你是不是應該好好盤點一下，自己得到過什麼失去過什麼？」

陳國懷在相對論下竟然成了人生和婚姻的勝利組，有些受寵若驚，向潮雄已被酒精局部麻痺，想要緩和一下氣氛說：「我讀過一篇文章說，婚姻的兩大關鍵，一個是錢，也就是家庭經濟，一個是性，只是你一直立志有事業沒有成功，忘記還有另一大支柱！」

陳國懷揮了揮手，像要趕走擾人的蒼蠅說：「那你是什麼時候再婚的呢？」

「超過十年了，離婚後我想換個環境，就從東岸搬到加州工作。我第二任先生是個白人，是間大製藥公司的高級主管，中年喪偶，小孩也都長大獨立了，我們開業界研討會時常遇到，他比我大八九歲，現在已經七十多了。本來我們都沒有再婚的念頭，卻在沒有預設立場下建立了友情，日久生情，雙方的小孩都鼓勵我們成全我們。後來，有些臺灣來的同業朋友都說，我是利用和他結婚，才升遷到藥廠副總經理的位子，其實我們根本不是同一間公司，我一輩子唯一用盡心機做過的壞事，就是有計畫地離了婚，其他都沒有了。把孩子養大，在事業的成就，都是我的努力！」

陳國懷似乎比向潮雄還關心細節：「毛澤東說過，婦女能頂半邊天，你根本是頂起整片天了！你爸爸對你再婚，尤其對象是白人，有意見嗎？」

「離婚的時候，我爸爸丟盡了面子，幾乎斷絕了社交，好幾年沒跟我講過話，後來見面也絕口不提我的婚姻。這次我回來，我媽媽告訴我，爸爸聽到我要再婚的時候，嘆氣了好幾天，終於說這樣也好，他可以鬆一口氣了，媽媽說他雖說不出口，但他最難過的事，就是把我推上了盧世誠這場婚姻。

「這次手術後，他過了一天一夜才醒，他醒來時看到我，開口第一句話居然是：『以前那個高個子，後來怎麼樣了？』所以我媽媽是對的，他念茲在茲，就是如果我當年是和向潮雄結了婚，是不是過得比較好？」

陳國懷說：「肯定好得多！高個子雖然沒有什麼出息，可是絕對是個好先生好爸爸，他剛剛說的家庭的另一根支柱，性的方面，更是絕對屹立不搖！」

向潮雄見陳國懷沒有要扯到「升旗典禮」的笑話，不覺鬆了口氣，周善敏卻說：「現在回頭看，我的兩個兒子和現在的先生，都已經成為我的一部分，完全沒辦法想像我的人生可以沒有他們。但是我也想過，如果現在的我可以回到四十年前，我到底會做什麼選擇？這或許也是我找向潮雄來金門的原因。

「或許我不會選擇婚姻，也不會要生孩子，至少我不會把父母的期望，自己的學業事業的成就，要有個婚姻有先生有子女等等，都當成一定要揹負的責任，這些事加起來變成了現在的我，可是如果沒有又怎麼樣呢？沒有了它們的話，我到底是什麼呢？」

她的話完全超出兩人的想像，一時間都接不上話。這時候反而是陳國懷沒辦法承受這個大哉問，和無言的分量，顧左右而言他道：「看起來我們三個人，婚姻出狀況的比率竟然是百分之百呢！連向潮雄的太太都在準備離婚協議書，等他回紐約簽名呢！」

周善敏的表情頓時轉為關心，像是心理醫生要解讀困難的病患，想要了解向潮雄的婚姻問題，但這真的是說來話長，族繁不及備載……他雖然想要傾吐，但是肚子已經蠕動劇烈，下午那杯咖啡裡的牛奶起了作用，令他不足的腦力更加惡化，只要話匣子一開，恐怕趕廁所都來不及，說了句「等一下」就丟下兩人連忙去廁所。

男廁裡有三間大號，一間掛了「故障」，一間有人，最後一間竟是蹲式馬桶，這是酒店的一樓，廁所間數最少，他也來不及到別層去，雖然數十多年沒蹲過也只好盡力而為，他才剛解開褲子，雙腿一彎就垮了下去，接著有如轟炸機般滿腹的炸彈清艙落了下去，充滿壓力的腹部到肛門突然輕鬆許多，此時卻感覺到自己的陽具，像是鐘樓怪人負責敲響的聖母院巨鐘一般，非常具有分量地懸吊在下方。剛才對戀手癖和與智媛初夜的回憶促動了他的慾念，他突然有個天外飛來的結論，不論他的婚姻幸不幸福，他絕對是性福的，這是連智媛也不會不承認的。

他又不可救藥地想起初夜，年輕的他通常一覺天亮，那天卻半夜醒來，看到智媛裸露的胴體，竟然色膽包天，把她的身體翻了過來，再次盡情得親吻她又做了一次愛。她在半醒半睡中顯得更為敏感，低聲的呻吟和緩緩的蠕動，讓他也比第一次更為入神，這個聯想讓胯下的巨鐘上揚，到底這是進入性能力衰退前的迴光返照？還是和智媛分居三個月造成的性飢渴？抑或是與周善敏見面引發了年輕時的性慾？反諷的是此時腹內又是一陣騷動，肚子叫了幾聲，又是一艙炸彈投了下去，像是在廣島投了原子彈又在長崎投了一次才結束了二次大戰。他想起電影《菊豆》，鞏俐飾演的角色被年老丈夫長期地性虐待，到了老丈夫中風，總算輪到她凌虐對方時說：「你以為你的褲襠裡有什麼？都是屎！」如今這句話用在他身上真是再貼切也不過了！

他的巨鐘終於恢復了正常，腹內也正常了。想要站起來，但是雙腿痠麻，顫抖得像是風中的旗幟，大小腿間無法超過三十度，只好伸手扶住了牆壁慢慢爬起來，三十度、四十五度、六十度，眼看可望伸直了，偏偏好死不死，他的手機竟然響了起來，那設定的鈴聲竟然是舒經理的！

# 卡內基廳

一九八四年八月，紐約溼熱得驚人，臺北應該也不過如此，向潮雄出了地鐵站，弄不清東西南北，好容易找到了第七大道，又把南北向搞反了，陡然發現已經走到中央公園了，第七大道也戛然而止，等觀光客生意的馬車在公園邊排隊，空氣中飄著腥甜的馬糞味，街頭的噪音四下作響，黏膩的風撫動公園內的綠葉，看看錶還有一個多小時，既然已在附近，乾脆好整以暇地逛逛。

昨天在心驚膽戰中到達紐約，從灰狗巴士下來，推著行李走在四十二街巨大陰森的車站，看到的都是表情冷漠殭屍般急走的人群，想起電影上紐約街頭的暴力與血腥，似乎隨時可能死於非命，只好忍痛坐計程車直奔朋友家，盯著地圖和車前的後視鏡，深恐司機把他載往荒郊野外謀財害命。昨天所見的似乎是罪惡的淵藪，如今在溫熱的陽光下輕鬆地倘佯，一天之間竟有如此天壤之別。

一個櫥窗吸引了他，不是店裡的古董傢俱，而是相框裡的古舊簡報，「一九五五年世界冠軍布魯克林道奇隊」，可是道奇不是洛杉磯的球隊嗎？

「我可以幫你忙嗎？」

一個穿著整齊的老人打開門，言語禮貌但有些不耐地問他，他這才發現自己的臉已經貼在櫥窗上了。他本能地要快步離開，但既然是棒球就忍不住不問，老人竟怒不可遏地說：「道奇隊從一八八四年創立就是在布魯克林的，以前道奇和洋基爭冠軍，是全美國很重要的事件，也是紐約的驕傲，到了一九五五年道奇還得了世界冠軍！後來洛杉磯出了好條件，他們就搬去加州了。我留著這張照片，就是要提醒自己再也不要看棒球，因為都只是生意，不是運動，不是球迷和城市的驕傲。最近還有一本書在講道奇隊歷史的，你可以到五十七街左轉，有一家瑞佐里書店去看看。」

他順著指引去尋書店，小時候看的電影《第凡內早餐》中，奧黛麗赫本一邊吃早餐一邊瀏覽第凡內珠寶店的櫥窗，這附近居然有人開著書店？莫非是紐約乃世界文化之都的佐證？他走不多久發現一間全無裝修的平價飲食店，店名寫著「MERIT FARM 值得農場」，竟可以在諸多名店中存活，莫非是有人要讓天下貧士盡歡顏？紐約竟也是世界慈善之都？他雖吃了個早午餐，但此時肚子不扎實，於是走了進去。

店裡橫著一個櫃檯，裡面有各色三明治和沙拉熟菜，他還在解讀牆上的菜單，一個矮子沒好氣地說：「你要看一整天嗎？還是要點東西？」

文化和慈善之都的可能性在瞬間成為泡影，他點了貝果和咖啡，矮子重手重腳地做了半給半扔了出來，他付了錢發現裡面有座位，雖然桌面無人擦拭和掉滿了麵包屑，他還是坐了下來，卻發現貝果塗滿了酸奶油。他的腸胃對奶製品全無包容力，但是誰叫他沒有問清楚呢？以他的阮囊羞澀，也絕沒有買了不吃的道理，硬著頭皮全吞了下去，還頗好吃的，吃完了更覺舒服，就信步沿著五十七街向東走。

瑞佐里書店出現了，裝潢得甚為高級，推開門竟然放著〈茉莉花〉的曲調，讓他楞了一楞。書店有兩層樓，特別多藝術和建築的書籍，他忍不住去問店員這是什麼曲子，一位和善文雅的女子微笑著說：「這是普契尼的《杜蘭朵公主》。」

難道茉莉花是西方歌曲？那倒是匪夷所思了，或是普西契偷抄中國民謠，還不用給版權費？

他在這優雅的書店殺夠了時間，心情不好，按址尋到諾亞事務所的地址，竟然在卡內基音樂廳的側門？他以為記錯了地址，進去問櫃檯的一個胖子，胖子不耐煩地指著身後的電梯。原來真的在廳內，他直坐上十樓，狹長昏暗的走廊，只有廊底的樓梯旁有些陽光撒入，一扇扇的門都關得嚴實，房門上鑲著暗銅色的門號，他終於找到諾亞的門牌按了電鈴，卻像在古井深處一樣沉靜。他又按了幾次門鈴，終於聽到裡面有了人聲，一個年輕白人男子拉開沉重的鐵門，一位中老年女子在身後珠連炮般地說：「巴比．高柏格先生，我早上就告訴你們，上面的電鈴壞了，只剩下面這支鈴，請你們不要放音樂，否則根本聽不到鈴聲，這位紳士不知道在這裡站了多久了！」

向潮雄回頭看了看沒有別人，才發現她說的紳士竟是自己！他聽過這位巴比．高柏格是諾亞的外甥，連忙自我介紹。她看了看錶說：「你很準時，非常好，但是歐本海默先生到夫人的舞蹈工作室去了，不過就在樓上，你要等一下。所以巴比，這位向先生就交給你了，歐本海默大宅還有做不完的家事呢，你是自家人又是最資深的，總可以負點責任吧？」

兩人互相露出不耐煩狀，巴比和諾亞長得有點像，如果拿掉諾亞的東方人特徵大概就長得如此，個子不高，略捲的頭髮，尖銳的目光，巨大的鼻子，聽人說話時也會不耐煩得噘著嘴唇，說話起來總有一絲急切感。

工作室跨越兩層樓，下小上大，下面有會議桌和滿牆的書，一間應該是諾亞的辦公室，只有六七十平方米，卻布置得頗從容，空間中有一支直通樓梯，到了上面就豁然打開，成約三倍大的統艙繪圖間，上方有個斜面的天窗，隔著古老的鐵絲網防火玻璃，可以看到外面的高樓，那裡共有八張繪圖桌。巴比為大家介紹：「這是諾亞的得意門生，本來說兩個月前就要來，直到現在才出現，害我們忙得不可開交，我還以為是諾亞用虛擬人物來騙我們的呢。」

指著一張桌子說：「這是給你做的，諾亞有時候在下面打死不上來，不然就站在我們背後噴口水，那一張桌子不要碰，有時候他嫌我們做不好，就要坐下來示範畫圖，一面罵大罵小，他在學校也是這樣吧？那個防火門是第二條逃生路徑，這個懂吧？剛才那位露西安娜女士是歐家的管家，她覺得也是這裡的總管。她不准我們開這個門，堅持多開一個門就多一個漏洞，可是樓下那層只有女廁所，男廁所在上面這層，從這裡走最方便，伊蓮娜的工作室也在這層，你見過她嗎？只看過照片？我這就帶你去！」

用手指放在嘴唇上表示噤聲，在門旁拿了一串鑰匙，打開了三個鎖和天地插銷才開了門，開門又是一條長廊，這層樓熱鬧得多，有的工作室流洩出激越的琴聲，有幾個門是打開的。他們經過一間戲劇表演的工作室，幾個人坐在一排表演廳用的觀眾椅上，兩個人在上面演得極為投入；走廊上一個人翻著白眼，在背誦待會兒要表演的臺辭。他們來到一間工作室，裡面有砰砰啪啪的舞步聲，牆面上都是鏡子，幾位修長得像小鹿的女孩正在練舞，指揮和呼喊口令的就是伊蓮娜。諾亞坐在一旁，見到他露出開懷的笑容，諾亞的圓臉平常都是嚴肅異常，但笑起來像是打開的蚌殼：「向！你總算來了。伊蓮娜突然叫我來和她的稅務士討論，你知道，藝術家是沒耐心處理俗務的，我等一下再和你談好嗎？」

伊蓮娜舞蹈家的身姿出眾，既堅挺又輕巧，談吐文雅十分有魅力，但是他連忙告辭，剛才貝果裡面的酸奶油已經發生化學作用，腹內長鳴了幾聲，還好被舞步聲給淹沒了。他知道拖下去將會不堪設想，一出去就衝往男廁，推開門幾乎撞到一個在拖地的老頭，老頭瞪著他說：「你現在要拉屎？」

從昨天起他對這些沒有好臉色的紐約客一路陪笑，此時想到拉屎乃天賦人權，斬釘截鐵地說：「對！我現在就要拉屎！有什麼問題嗎？」

老頭臭著臉拉著水桶出去了，果然不該吃奶製品，這下子像是幼時看過的電影《六三三轟炸大隊》般彈如雨下，廁所內有一扇高窗，看到周邊建築的背面，不同年代高度大小的房子挨擠在一起，冷漠地望著螻蟻般忙碌的過客，如今他也成為其中之一，而第一件事就是在這棟著名建築裡留下「到此一遊」的印記。

他好整以暇地解放個爽快，洗了手才發現沒有擦手紙，他甩甩手推門出來，正在把殘水擦在外衣上，聽到身後有女子的聲音：「請問你知道史汪森舞蹈室是那一間嗎？」

天哪！他從小就有帶手帕的習慣，偏偏放在外套口袋，外套又脫在繪圖桌上，現在成為在衣服上擦手的現行犯，一回頭更覺無地自容，眼前是個身材高䠷豐盈，十分陽光的東方女子，穿著上下兩截深灰色的商務套裝，史汪森，那不是伊蓮娜的姓嗎？他努力從狼狽中重起爐灶：「就在前面右轉，我可以帶你去。」

「沒有關係，可以先告訴我女廁所在那裡嗎？」

原來他不是唯一要跑廁所的，他說：「這層只有男廁，女廁在樓下，我可以帶你去。」話才說出來才覺得有些不妥，連忙補上：「我其實在樓下上班，老闆是史汪森女士的先生，你一定是她的稅務顧問，他們正在等你。」

那女子爽朗的說：「這麼巧，所以你是建築師嘍？你好，我叫朴智媛，我從一早連開了兩個會就趕過來，所以得先找廁所。」

聽她的流利靈活的口音，不是在美國生就是在美國長大的。向潮雄在研究所時也有些韓國朋友，知道智媛是個韓國的菜市場名，和臺灣的淑慧美娟差不多，但是眼前這位的長相一點也不尋常，他領著她下樓，總算沒漏氣找到了女廁，他猶豫了一下是否要等她，又怕被誤會是偷窺狂，只好不甘願地走了。

他還在整理繪圖桌，巴比就拿了一疊圖來，是個在九十五街和百老匯街角的一個集合住宅，房地產商是九命怪貓茱可多夫，經營了三代的猶太地產家族，和歐本海默家已經有五十年的合作經驗，兩邊的二世還算是朋友，但是兩位三世話不投機，非必要不會交談。雖然忝列紐約頂級地產商，茱氏地產卻不知倒閉重組過幾次，當然從不會影響他們家族的財富。他們任用的建築師名單不乏大師級事務所，這次會再找上歐氏事務所，巴比認為：「你看過《西城故事》的電影嗎？就是這個區域，以前都是拉丁人住的，不是什麼高級的社區，可是現在正在轉型，茱氏地產還在試水溫才會找我們，我們卻該感激涕零了，可是諾亞只是很勉強地打電話說：『很感謝想到我們，我們一定全力以赴的』，連登門去拜謝都沒有，好像他是什麼不世出的建築大師，還很不屑的樣子。結果看到這幾張素描，我才知道他真的在全力以赴，可是這樣造價超高的方案一定不會被接受的！」

諾亞的鉛筆畫得十分有力沉厚的黑白透視圖，扎實有質感的量體，在重複的單元之外紀念性的尺度，頗有種氣勢磅礴之感。向潮雄翻了一遍，了解諾亞的用意，基地雖在街角，但形狀近正方，所以最經濟的方案，應該是中央走廊，一邊的住宅單元面對明亮的街道，另一邊的單元面對陰暗無景觀的後院，但是諾亞把住宅單元全部面街，全部都有最好的景觀和採光，電梯樓梯管道間放在後院，可是這樣高層的方案造價也必然昂貴。

「不過他是老闆，我們也只好遵命，你把這個方案的平立剖面畫出來，住宅平面會排吧？不會就看這套圖做參考。我是排平面的高手，不過也不能無償教給你，你自己要好好摸索。我來另外做一個保守方案，以防萬一。」

此時諾亞居然帶著朴智媛來了，向潮雄不禁站了起來，諾亞說：「朴小姐說剛才和你巧遇了？她小時候曾經想做建築師，所以想來看看。」

巴比搶先自我介紹：「你好，我是巴比．高柏格，老闆的外甥，我正在告訴新報到的向先生，學校再厲害其實什麼都不懂，現在只有下苦工，因為畫圖的功力，和你磨掉的鉛筆芯的公里數成正比……」

顯然巴比也覺得朴智媛明豔引人而不能住嘴，諾亞不耐煩地說：「朴小姐，聽了他這一席話，應該會慶幸你沒有從事這麼無聊的行業吧？我們還是到我的辦公室去把文件填完吧。」

諾亞把朴智媛的名片放在繪圖桌上，她下樓前回頭和他四目相接，他一廂情願地認為智媛是為了他才找藉口過來的，而諾亞也是故意把她的名片留下給他的，於是伸長了脖子把上面的電話號碼記了下來。

望著素描稿，他已完全忘了昨天初到紐約的恐懼，覺得這個不可能的城市充滿了驚喜、機會，和奇遇，突然間下筆如風，筆尖如鋒畫出精準有力的線條，恨不能立刻衝出一個經典之作！他對未來的歲月充滿了憧憬，樂於接受任何可能的挑戰了。

# 動員

陳國懷看到向潮雄終於從廁所出來，走兩步又停下來滑手機，像是海岸邊的浮木，在海浪中忽遠忽近就是靠不了岸，正想要罵他，他卻衝過來急切地說：「現在可以去用你事務所的設備嗎？」

原來他在廁所裡接到舒經理的急電，舒經理則是在傍晚接到他上司電話，指示第一，總公司通知，已確定集團修總裁週一早上會飛到廈門，十點就準時在貴賓會議室開會，指示第二，帶紐約來的建築師提早一小時先來預演，指示第三，請準備好寫字樓園區的設計準備報告。講到這裡，向潮雄才意識到，修總裁本來只是可能會來，他們把他留了下來只是以防萬一，但是接下來的卻是出人意表。

指示第四，新增重大議程，是紐約的一個地產項目，廣廈集團近年正積極國際化，收到一件土地訊息，位在紐約曼哈頓百老匯大道和九十五街交口，集團認為價格合理，容積率又有獎勵放寬，集團若收購後擬將現有建築拆除後重建，（不確定為何）修總裁竟然知道，歐氏事務所曾在此基地設計過一個未實現的方案，希望了解事務所當年的想法！

舒經理突語重心長地說：「向先生，我們集團修總裁，修身養性的修，是廈門長大的，清華大學建築系博士，對設計是很在行的，以集團現在遍布全國的案量，像廈門這棟寫字樓規模的項目，他問都不會問，這次他卻特別飛過來，我們都琢磨不出來，他為什麼對你司（大陸習慣簡稱「你公司」為「你司」）有這樣的興趣和了解，好像他自己仔細看過你司的網站？他凡事都要邏輯和數據，可是據說他最不相信風水卻相信緣分。他在學校的畢業論文題目是《殖民主義建築的功與過》，所以我猜想，是不是他研究過你司在廈門設計的教堂和醫院，所以覺得有緣分呢？我是胡亂猜的，不過你可以在簡報裡提點些你司的歷史，最好你老闆能在視訊上親自解說。你知道我的意思吧？」

他最怕老中問他「你知道我的意思吧？」因為在美國住了四十年，缺乏參悟老中們話中玄機的訓練，他想來想去，難道舒經理是暗示，廈門寫字樓的提案有可能被接受，甚至紐約項目也有可能？同時耳邊響起智媛的聲音：「一談到業務，你簡直樂觀到無可救藥，以為全世界的人都愛你們到死！」

事務所的網站是找兒子亨利架設的，內容是他一手弄的，有意地把事務所的作品融入紐約建築史，百年來完成的作品就洋洋灑灑，所以幾乎沒有未實現的構想方案，但是他對九十五街案情有獨鍾，所以走私挾帶放上了版面，未料此私心竟創造了契機，這是不是緣分？這簡直是建築界的灰姑娘，甚至是基督山恩仇記！雖然只是一絲渺茫的線索，還是令他從酒精的麻痺和年輕時的聯想中清醒過來，有如冬眠中驚醒的地鼠，由地洞中冒出頭來尋求春天的腳步，因為每一個春天都是一樣珍貴。

陳國懷原本有些疲累了，此時卻為他興奮起來：「我記得那個設計，三十年前我去你們事務所的時候，你還給我看那個模型，諾亞還過來開玩笑說，向潮雄死也不肯丟掉那個模型，好像不能斷奶的嬰兒。我記得沒有錯吧？所以你要怎麼進行？」

「第一是我要重整簡報；第二是要找我兒子亨利過去，把那些舊圖和模型找出來，諾亞雖然住在樓上，可是從不接電話和應門，所以還要找露西安娜去開門，我再用視訊告訴亨利怎麼找；第三是要說服諾亞參加星期一的會議，這是我最沒有把握的。

「這次廈門的事，諾亞本來根本不理，後來翻了他爸爸的手稿才提起興趣，我只怕他又憤世嫉俗起來，參加視訊造成反效果。反正現在第一要務是聯絡到諾亞，你先回去休息，手機不要關，我有需要再把你叫醒。」

白天遊金門的途中，向潮雄還是不時會想到，等到陳國懷走了以後，他們兩個孤男寡女可能發生什麼事？每次瞥見她那副被陳國懷形容為「嚴格的理化老師」的表情，就覺得機會渺茫到幾近於零，但或許這是 dirty old man 色老頭無法抗拒的本性，非非之想成了一種無聊的娛樂，但是此時他滿腦子只是在想如何找到諾亞。

果然如何也聯絡不上，家裡、事務所、長島別墅電話、手機、電郵都試了又試，像是扔了多少石頭到窗外的太湖水庫，卻連個波紋都看不出來，只好硬著頭皮撥了露西安娜的電話。

如果要設立歐氏父子事務所博物館，露西安娜絕對會占一席之地。她家原本是布達佩斯殷實的猶太商人，二戰前即時逃離納粹魔掌，卻已經無法入境美國，只好去了阿根廷，經過了五〇年代的經濟不景氣和超級通貨膨脹，才經由親戚來到紐約，但已一貧如洗，年輕的她到了歐氏大宅做管家，她出身不錯又上過大學，卻從不怨天尤人，一手包辦歐家全家大小事，也照顧諾亞祖父約書亞的晚年到過世。

後來傑瑞米甚至請她打理事務所的總務工作，吳韻梅見她的孩子都聰慧勤奮，便悉心安排和支付他們進最好的學校，後來都在學業事業上卓然有成。露西安娜對歐家感恩，年老仍不顧子女請求她退休，每天到歐氏祖宅管上管下，房子裡充滿她不知是東歐腔還是南美腔的英文，以一絲不苟的嚴厲態度，對職員們不假詞色，耳提面命要準時上班要維持安靜衛生好儀態，如果有誰把文件放錯了檔案，用過了設備沒有收拾乾淨，或是把食物飲料帶進繪圖間，一定會遭到再三嚴厲指責到似乎只能以死謝罪。向潮雄不知來了多少年後，才終於覺得不再被留校查看，因為她的「十誡」已經烙到了他的腦海了。她到了年過八十，才找到一個中年管家照看諾亞的三餐和家務，但是她仍然隨時在旁監看。

一旦聽到露西安娜的聲音，向潮雄就後悔了，深怕她覺得他在賤賣事務所的百年榮耀，但是想起舒經理的提醒「先講你司的歷史」，過去的榮耀最能引起她共鳴，於是就先從一九三〇年傑瑞米到廈門的往事，再引到這次的緣起，正擔心她聽不懂，她竟然打斷他說：「諾亞一定是去長島的別墅了，不是沒帶就是不開手機，現在詐騙電話太多，也沒有人接市話了，所以你找不到他，我去找！」

「等一下，那你怎麼去？」

「開車啊！我兒子剛替我換了電動車，我也學會了用自駕，每天都要去開一開，才不會得老年癡呆症。」

這時他又後悔，想說服她不要去，她卻冷靜地說：「向！我知道這幾年，事務所全靠你，也知道你在整理歷史資料好傳承下去，我就算讀書不多，也知道這是很重要的，智媛也告訴我，你只知道照顧歐本海默家不照顧自己家，可是其實她還是支持你，所以上帝保佑你們，你們是佑護歐家的天使！諾亞也實在過分了，他不能承擔事務所，也該找人傳承或做個了結，你也快兩年只支半薪甚至不支薪了吧？所以你已經做夠了，不要擔心，我一定把他挖出來！」

聽到這樣的知心話語理應涕泗縱橫，他卻一面擔心她惹毛了諾亞的牛脾氣，搞得更加不配合，一面又訝異露西安娜的洞燭人事。多年來他做完了帳寄給會計師的時候，也一定會寄副本給她，以為她只是對對數字，沒想到她能從中看出端倪，知道他已經黔驢技窮，既然她一定會找到諾亞，他只要找到亨利來找到資料和架設視訊了。

這天顯然不是他的幸運日，他用了各種方式他兒子亨利全無回應。他平常很少去找亨利，亨利收到訊息都會立刻回話，正忙也會送回訊息，全然不理的情形絕無僅有，難道是發生了意外？試了許久都是如此，一時父母親會有的神經質，讓他頭腦不清楚地撥給了智媛。

「你把一輩子浪費在事務所就算了，還要浪費你兒子的時間？你知道他工作有多賣命嗎？拜你之賜，他大學就在打工，借的學生貸款從大學畢業就一直在還，科技業又是吸血鬼，他已經沒日沒夜工作了一個多月，就為了參加這次馬拉松，前天就已經去波士頓準備了，他這麼重視體育表現，還不是怪你不實際的空話？從小就灌輸他說，以他的體格加上苦練，可以成為NBA第一個美國長大的亞洲人，結果真的實現了，只是那個人名叫林書豪不是向亨利。馬拉松是他最後的希望，這次如果能跑進三小時內，就有資格參加世界馬拉松大滿貫賽，所以你要是再扯他後腿，就準備簽離婚協議書吧！」智媛說話向來全無拐彎抹角，但是他頓感意外，所以她還沒有準備好離婚協議書嗎？

「而且，這個開發商知道事務所現在的規模嗎？你這樣不是近乎詐欺嗎？」

他第一次和她約會，她戴一條紅色圍巾，襯著她白皙的皮膚讓他看得入神，他開玩笑說像是幼時看過一部韓國空戰片《紅巾特攻隊》，恭維她像是英勇飛行員一樣的帥氣，如今她的連珠炮就像戰鬥機的機關槍：「人家巴比是歐家親戚，都出去獨立門戶了，只有你死守寒窯，我們家過日子都不要錢是不是？聽巴比說中國很多公司是來騙圖的，你倒像是隻春天的公狗一樣充滿了希望，然後一碰到難處就做縮頭烏龜。」

她是口渴了嗎？為什麼停了？她降低了音量問：「所以你什麼時候變聰明了？讓露西安娜來找我？」

他原本脫口要說沒有，但聽了不是斥責的語氣就住了嘴，更加感激露西安娜，智媛又說：「她已經打電話找到諾亞在長島的鄰居，去敲諾亞的門果然在裡面，你為了事務所奔波萬里，這個糟老頭倒躲起來閉關，手機電郵都不理，露西安娜給他下了最後通牒，要他立刻回到城裡，無論這個機會有多渺茫，要他一定要把年輕時招蜂引蝶的魅力都拿出來。諾亞會在兩點前回到紐約家裡，露西安娜說我為你和這個事務所付出了這麼多，這是最後的機會，要我務必幫你把九十五街口的舊資料找出來，和安排好下週一的視訊會議。她還說，如果還是不成功，她一定會逼諾亞把事務所關掉，一了百了，把這些都處理了，她也可以放心地閉上眼睛了！我是為了她這個承諾才會去，你要是兩點以前還不知道要做什麼，也就不必試了，直接回來把事務所關掉了就是。」他知道暫時得救了，嘴惡心善的智媛不但會支持他，而且是毫無保留地支持。

## 陳國懷

向潮雄回房去和紐約聯絡以後，周善敏卻不肯回房，說她也可以一起去熬夜趕圖，她說以前把建築系的趕圖情形，形容給她醫學院的同學聽，同學們都說只在做美術和勞作，這種系實在太好念了，可見我們這個社會是不懂什麼叫設計的！同時，我看她不是對設計有興趣，只是對向潮雄做設計有興趣！我叫她先去休息，我只會再等半小時，沒事我也先回去了，有下文再通知她。

不久就接到向潮雄電話，我載他回到我的住處兼事務所。這傻瓜像隻呆頭鵝一樣，凡事都很新鮮，我沒有請他指教，他卻自動提出評鑑報告：

第一，房子兀然獨立在田野中間，有遺世獨立之感。第二，隔著一個中庭，前棟是工作室後棟是住所，簡單明快。第三，也只用白漆刷了內外，非常基本的現代建築。第四，工作室裡有五張桌子，是我和四個員工坐的。他的結論：「現在你這位失意建築師的規模，和如今的歐氏父子事務也所不相上下。」真是謝謝他的「大家來比爛」的恭維！

他打開電腦接上視訊，露西安娜果然把諾亞找回到歐家大宅，智媛也把三十五年前的模型和圖找了出來。智媛訝異地說：「你的旅館房間怎麼是這樣？」

「說起來你不會相信有這種巧合，陳國懷你記得嗎？曾經來過紐約到過我們家（智媛露出為什麼我會不記得的表情），我今天從廈門來金門的時候竟然在碼頭碰到他，這是他的辦公室。」

我趕緊露臉和她寒暄，我們還在敘舊，這個傻瓜卻開始解釋金門和廈門的關係，又說到周善敏如何找到他，他如何到了金門云云。智媛聽得似懂非懂：「你不是只有過一個前女友？她不是住在美國嗎？」

「就是她，可是她回臺灣看父母，正好和朋友來金門。」

他以前說過智媛從來也不是個醋罈子，反而對他單薄的情史感到奇怪，智媛也一定知道在這方面他形同白癡，也不似有興趣，說：「剛才亨利傳了訊息過來，他真的跑進三小時，有資格跑世界馬拉松大賽了！四個表弟表妹和他們的男女朋友，都趕到波士頓去幫他加油，只有你不知道在什麼金門廈門三十八度線板門店跑來跑去！」

我想起來，三十年前我去紐約，先到歐氏父子事務所後又到向潮雄家，那時候他們住在皇后區一個老公寓，地鐵坐到底站還要搭幾站公車，唯一好處是房子頗大。智媛的父親早死，媽媽一個人撐持家計，自己卻得了慢性病。智媛是老大，從大學就半工半讀分擔家計，所以雖然對藝術很有天分，無論是繪畫還是舞蹈都是出類拔萃，但還是選擇了會計，盡快找到待遇較好的工作。後來弟弟做了電腦工程師妹妹讀了醫學院，經常要值夜班忙得不可開交，她媽媽和弟妹的四個小孩都住在向潮雄家，連他們的兒子亨利，家裡十分熱鬧。智媛一回家，像是踩在風火輪上，張羅一家大小吃飯洗澡，媽媽起居吃藥，整晚洗衣機好像沒有停過，向潮雄也忙進忙出，一面陪孩子玩教功課一面跟我聊天，那五個小孩都會彼此照顧，也會配合家事，想必這些孩子從小到大情同手足，到現在還相互支援打氣。傻瓜聽了也很高興，儘管智媛板著臉，還是問長問短，桑妮如何艾琳如何傑克如何麥克如何。

那天在他家，一直到了小孩都睡著了，智媛才有時間坐下來和我們說話。我誇獎智媛能幹有擔當，她卻感謝向潮雄，願意一起分擔她這個大姊的責任，甚至樂在其中。我原本覺得這個傻瓜就像頭溫馴的草食動物，反正沒什麼脾性，但是再想想絕非如此，否則周善敏回來找他的時候，他為什麼堅持不要呢（雖然他不承認）？所以他不是全無氣性，沒有生殖力的騾，而是表面溫順其實倔強的驢！另一個看法，周善敏對他，其實是朋友的情誼多於男女的情愛，傻瓜的腦力雖然有限，但是竟有了解自己的智慧！也可見他對智媛是全心全意毫無保留的，那麼現在智媛是對他什麼不滿意呢？

智媛打斷他說：「你趕快去訂回程機票，中國的疫情好像很嚴重，美國這邊也已經有人感染了，要是美國對中國關閉邊境，你就回不來了。」

智媛把螢幕讓給了諾亞，傻瓜以前就說過，諾亞一直是《未來學》雜誌的貢獻者之一，也是最早推動電腦輔助設計的先驅，果然使用視訊倒是全無問題。向潮雄把查到的都市計畫規定整理給諾亞，諾亞卻似乎有聽沒聽，從旁抽出一張圖問：「你這次有看到這棟房子嗎？」

正是他們在下午在沙美看到，被改得面目已非的吳氏會館，他就把手機中的照片分享到畫面上，諾亞反覆看了又看說：「我父親在日記裡寫，金門洋樓是當地人看了殖民地的歐洲的建築，自己拼湊出來的，不東不西，當地人卻覺得有異國風味和奢華感，看起來這些族人等他走了上下其手，不過也算有維持原來的格局了。」

向潮雄把壁畫也傳給諾亞，諾亞大笑說：「不要小看這些人，原來也很有觀察力，你看這裡面的我父親身子向我母親傾靠，眼光盯著她手指的方向，連這點鬼心思都被他們看出來了！」

「這個集團總裁很特別，是位建築博士，曾經研究在中國的殖民建築的，所以簡報開始，先用你講課的方式，精要地介紹公司歷史。」

「你怕我又一說不可收拾？放心吧，我現在話講多了就有些喘，正好停下來看業主臉色，還有那兩個女監工，也不會忘記給我臉色看。」

「然後再談寫字樓的方案，是讓他們同意這個項目，至少此行有點收穫。」

「你不是說他們已經見多了當紅國際事務所了？以我們的裝備和人手，光談方案很難突出吧？這是我們不得不承認的，所以講方案，也還是要和九十年前的作品連結吧？」

「那麼就用剛才你說的，傑瑞米在那個時代，就已經又現代又後現代，今昔兩個設計是有所輝映的呢？」

「天吶！以前我講什麼，你和巴比都跟不上，現在還沒說出來就被你看穿了，看來我已經老到只會講陳腔濫調了。所以，九十五街案如果只談以前的方案就夠了嗎？現在的容積放寬了這麼多，又有什麼參考性呢？」

向潮雄反而對他的積極頗感意外：「你要做新方案？只怕時間不夠，方案不夠成熟反而不利。」

「如果這個業主只是要光鮮精美的成品，也不會選我們了吧？所以還是回到歷史索引，從百餘年來紐約天空線的詮釋來切入。向！廈門已經很晚了吧？去休息一下吧，那兩位女監工已經把巴比和他的職員全找來了，你不要擔心我們會偷懶。」

巴比出現了抗議說：「今天是安息日不該工作，你真不是個好猶太教徒。」

「我媽媽不是猶太人，嚴格說我不是猶太人，再加上我也不想相信兩千年前不懂科學的人立下的規矩。」

向潮雄說：「巴比，你有的資料先給我，我先整合到簡報裡去。」

巴比說：「算了，你去睡覺吧，簡報我這邊來整合，視訊會議裡由我們這裡操作，不用擔心了！只是這位恐怖分子還要做新方案，不知道又要嚇死誰！這才是我們最要擔心的！」

關掉了視訊他又在那裡看簡報版本，我給他當頭棒喝：「智媛關心你能不能回美國，你還不趕快上網改機票？」

他大夢初醒連忙去敲鍵盤，我又追問：「所以你和智媛到底有什麼問題？她這樣有擔當的人，也不會因為你賺不夠錢就要翻臉吧？如果她是個計較的人，以前為什麼會把她媽媽和弟妹的孩子都扛在自己身上？」

他好容易才抬起頭來：「我剛剛聽了周善敏說的話也想了想，夫妻間的事其實不只是表面的原因吧？其實巴比搬出去獨立門戶，也不是要和諾亞絕裂，只是希望能逼他做個決定，究竟打算怎麼處理事務所，終究他是快九十歲的人了，不能等他突然撒手人寰，大家再來收拾殘局。智媛也很同意，可是我卻沒走，她覺得我在繼續縱容諾亞，其實我也同意他們的想法，可是我覺得更要抓緊時間，把事務所的資料整理出頭緒，而且趁著諾亞還在，把他的想法記錄保留下來。我們都是要逼諾亞，只是逼的事情和方式不一樣。」

「這個你有和她討論嗎？她不同意嗎？以前看你們很恩愛，相看兩不厭，坐下來就像一對無尾熊抱在一起，而且心意相通，現在到底是有什麼問題？」

我像是當年他爸爸，收到了他從金門打來的電報，恨不能當場給他一巴掌。

「這應該都是我的錯，十年前她媽媽過世，那些在我家長大的孩子也一個個離開了，她有些落寞，又進入了更年期，我原以為生活比較輕鬆了，只是照表操課過日子，卻沒有注意到她生理和心理的轉變，也許就是這樣我們漸行漸遠，話越來越講不在一起，老實說，除了做愛也很少觸碰彼此了，要不是那五個孩子都會暗底裡幫我忙，不然我早就被掃地出門了。」

我本來還想開玩笑說，以你升旗典禮的天賦異稟，到現在也一定旗槍不倒，做愛一定也很頻繁的，但是看他像是反芻的牛般在嚼咀回憶，這種無聊的玩笑終究也懶得說了，突然電腦響了一聲，紐約那裡來了一串問題，他連忙去回覆，不時又有草圖傳來，他也勾了幾筆加些字寄回去，似乎又忘了先前的感慨說：「這個簡報是事務所存亡的關鍵一戰，可是能動員的，就是諾亞這個快要九十歲的，巴比和他的三個棄將逃兵，智媛和露西安娜兩個不是做建築的，你我兩個即將到了古稀之年的老兵，加上周善敏一個啦啦隊，真的是散兵游勇。」

聽來竟有些洩氣了，我安慰他說：「你知道現在臺灣新聞記者水準越來越差？有一天看見新聞上在罵政府單位是散兵游勇，結果打出的字幕是跳傘的兵會游泳，所以不要妄自菲薄，說不定湊一湊，還真的是三棲部隊的傘兵游泳！」

「你說得對啊！諾亞說他父親遇到逆境，常引用一句英文諺語，當群星連線的時候，什麼好事都可能發生。說不定就是現在，包括廣廈找到我們，我在這裡碰到你和周善敏，廣廈又去買到九十五街的土地，天下還有這麼巧的事！」

這下傻瓜又心情輕鬆了，好像回到大學當兵時代的瞎聊天，每個笑話都可以回收再利用，每次好像都還一樣好笑。他像是想起了什麼大事說：「對了！我在五通碼頭看到一個旅遊小冊子，說金門的古地名叫浯江，可是金門哪來的江呢？還說又叫仙洲，又叫滄海？」

「江就是海，大概因為和大陸近，中間的海面看起來像是條江吧？相對的從大陸看金門，就像是座海上仙洲吧？又有說法是金門原來是五個島，後來山頭沖下的沙填平了間隙成了一大島，所以浯就是五，或許也是這樣就叫滄海，有滄海桑田的意思吧？你在這裡當過兵，就連諾亞的爸爸媽媽，都可以算是『曾經滄海』了吧！」

傻瓜聽了又在手機上查來查去，他這個永遠像是活潑小狗的人也是會老的，面頰浮皺眼瞼下垂，茂密的黑髮也稀疏許多，黑白參雜枯乾得像是乾河床上的茅草，我望著他不覺捫心自問，我有多久沒有好好看過髮妻佳琦了呢？十幾年來沉溺在自說自話自憐自責裡，到金門來自我放逐，還自以為看破了世情要得道升天了！簡直和諾亞一樣的莫名其妙！

周善敏確實見解獨到，佳琦可能根本不那麼在意我的所謂事業，而是更在意我做為丈夫和父親的存在！但日子過糊塗了，當年戀愛時相互的愛憐都拋到了九霄雲外，很符合杜甫的〈贈衛八處士〉：「人生不相見，動如參與商」，或是一部電影的名字《向左看向右看》，就是沒有看到彼此！或是她一直在照看我而我一直沒有關注她！

年輕時和佳琦約會，遠遠看到她烏黑的長髮水汪汪的眼睛和白裡透紅膨皮的臉蛋，就不禁載欣載奔地迎上去，如今我知道她的頭髮的黑白程度嗎？知道她的眼瞼下垂了幾度嗎？白裡透紅吹彈欲破的臉龐，蒙上了多少度的黃暈細紋和斑點了嗎？原來我剛才對傻瓜生氣，其實是在對自己生氣！所以我應該請傻瓜把自己設想為接到電報的他爸爸，把我當成當年的他，狠狠地給我一記耳光！

# 回頭

向潮雄從來就是個窮緊張的個性，把整理好的簡報寄去紐約，既擔心是否有漏東西，又擔心趕不上最後一班船。天色已經昏暗，車外的風吹得有些狂烈，木麻黃樹的枝葉像是激流中翻滾的魚。車子停在水頭碼頭前方，竟然在公園草地上又有一對鷺鷥，難道是來和他送別的？

聽到廣播在催乘客上船，他拿著護照和船票，突然想到可以問周善敏，鷺鷥是不是正在過境的候鳥，一回頭，她竟然伸開雙手緊緊抱住了他，他的胸口再次感受到她仍然堅挺豐實的乳房，也不禁將她擁在懷中，這是彌補四十一年前他想去機場送她出國，她怕引起父親不悅而堅持不要他出現，因而錯失的那個擁抱？還是三十八年前她來找他，原本以為她想復合，她卻是因為盧世誠不專情的失落尋求慰藉，他頗為失望而跳過的擁抱？她的身上仍然散發著淡淡的體香，第一次的牽手、擁抱、接吻，像是快速前進的錄影帶迅速飛過，定格到正常播放速度的，卻是他和智媛初夜的次日早晨，智媛為了不吵醒他，輕輕掀開被子起床，他睜眼見到她正在起身的全裸的背後，便伸出雙臂攔腰抱住她，臉龐正撞上她豐盈的臀部，差點沒把鼻子塞進了肛門，當真是「熱面孔貼上了冷屁股」，智媛哈哈大笑說：「我有事要趕著出去呢，晚上再說吧！」

晚上再說？原來他不是守株待兔的蠢農夫，一輩子只能逮到一隻短命的兔子，智媛是認真看待他們的關係，他的幸福和性福終於有了曙光！

無論他腦中播放的是什麼回憶，下體卻堅挺地頂住了周善敏，但是她完全沒有迴避。廣播響起上船最後的通知，她在他耳邊用英文說：「Thanks for everything.」

他三步併作兩步進了海關，再回頭只見她和陳國懷伸長了臂膀向他揮別，像是兩隻想要撈樹上香蕉的猴子。到了船上坐下他才回想，她是謝他什麼？是感謝他的有作為還是不作為？是感謝當年還是重逢？是感謝他當年想和她做愛還是沒有跟她做愛？是感謝他當年思念她或是拒絕和她復合？是感謝他這次對她沒有非分之想，還是沒吃威而鋼就能對她行升旗典禮？

上了船，他的思緒有如海浪般東搖西晃，自言自語：「我也謝謝你的一切。」

謝謝她當年竟會以為他有才氣和他來往，謝謝她所有的要求和指責都是出於善意多於嫌惡，謝謝她誠實地告知她已選擇了別人，謝謝她在失意時會找他來傾訴，還有，謝謝她把他青澀可笑的信保留這麼多年，好像是她人生中最不現實最不理性的愚拙與可愛，終究，這都是陳國懷所說，他們這一代人「集體的可笑人格」中，靈光乍現的一點友情、愛意，會滿足，會關心，會跳出自己感受別人，對受創的、將就的、妥協的人生有一絲感恩，這或許就是她謝他的，也是他該謝她的吧？

此時的窗外也已一片闇黑，水面上偶爾映照出遠處燈光，有如飄浮的碎片，不知道傑瑞米與吳韻梅當年進出入廈門港時，是否也有此感受？他想起國文課一篇《老殘遊記》的課文，老殘望著黃河裡的碎冰感嘆到「一年一年的瞎混下去，如何是個了局呢？」然後老殘就滴下淚來。作者劉鶚好像只活了五十出頭，比他現在年輕多了，如果這次廣廈的案子沒有下文，事務所連眼下這一年都混不下去了，但是他仍然忝不知恥地全無悲從中來的感覺，真是既無決心又無覺悟，難道只因為動員了紐約這幾個人，就又無可救藥地樂觀起來？只因為和周善敏有個感覺良好的重逢，就覺得自己是個瀟脫的好人了呢？船身搖搖晃晃，客船的引擎聲突然降低了，已經要在五通碼頭靠岸了。手機又響起熟悉的鈴聲，舒經理怕有差錯，竟然開了車在碼頭外等他了！他連忙拿了行李，趕回旅館再做最後的整理。

## 舒經理

修總裁突然御駕親征，整個公司為了準備這場會議，攪得天翻地覆，我把場地、座次、茶水、紐約事務所的簡報和視訊，都打點得風雨不透，向先生倒是遊刃有餘的樣子，我是緊張得心都要跳出來，因為我在廣廈的前途可能就在此一舉！

我看一切準備停當，就到總經理室報告，到了外間祕書對我使個眼色，幸好平日和她打下了好交情，我連忙停住腳，聽到裡間傳來修總裁的特助的聲音：

「這是總裁交待的項目，你們卻想在分公司層級，寫個報告就敷衍過去，這是違反作業程序，你們連個視訊會議都不願安排，還好把人留下來了，弄得修總還要挪時間親自來聽簡報，這事非同小可，總公司會稽核這件事！」

修總裁溫文儒雅，大多是特助扮黑臉，我聽了也背脊發涼。果然副總做出冤枉狀，說是下面人搞不清楚狀況，顯然我就要做代罪羔羊，特助卻打斷他：「送總公司的報告檔案，是你副總發出的，總經理室也有副本，你這麼說，分公司管理問題就更大了！」

總經理連忙出來責備副總：「這個報告應該不是決行而只是建議，不過副總是用心良苦，因為這家老事務所日薄西山，這些年集團業務蒸蒸日上，多少國際知名事務所排隊想來服務，所以副總覺得連總裁都重視的項目，應該找個當紅的事務所，不過把報告簽絕了，這就是他的不對了！」

一下子四兩撥千斤，把責任推給了副總，特助卻咬著不放：「這麼說，是你們已經擅自決定了人選了？」

語氣尖利，刀鋒都劃到總經理和副總臉前了，修總裁卻說：「家務事等一下再說。紐約的建築師，已經為了你們的失誤延後行程了，現在還要人家等嗎？」

我簡直不敢相信有這麼大快人心的發展，不過我千萬不能成為這兩個老屁股遷怒的對象，趕緊假裝成剛才趕到，完全沒有聽到他們對話的樣子，敲門報告一切都就緒了。

修總裁一進會議室，就先和向先生握手致意，所有幹部都已入座，連一根針掉下來都聽得到。電視屏幕上出現了紐約事務所的會議室，中央已坐了一位白髮老先生，他穿了一件顏色時髦的粉紅襯衫，鮮明不俗氣又有時尚感。向先生介紹這就是歐本海默父子事務所第三代，諾亞·歐本海默先生。他竟然用很不標準的普通話表達了感謝，和修總寒暄了幾句就開始簡報。

歐先生拿出一個像是大筆筒的物件，看來就是國樂器「笙」，歐先生說：「這個樂器，是我父親九十年前從廈門帶回來的，他覺得這個樂器奇妙極了，靠著一個簧片吹過長短不同的管子吹出各自的音，單一樂器就可以和聲，真是獨一無二的樂器。而今天我就要用『和聲』來做這個簡報的主題。」

所有幹部眼見修總裁很是專注，就算英文聽不懂也得裝懂，都把身子向前稍傾，修總裁常在會議中發問，抽點與會人員回答，所以誰也不敢大意。

歐先生果然是教授，旁徵博引，時而帶點幽默。他從九十年前的教堂和醫院的照片和他父親的手稿開始，包括他到民居和廟宇參訪傳統建築的素描，與工匠們溝通研究的手記：「在一九三〇那個西方強勢的時代，我父親也絕非把西方移植到東方，他的設計方法是很具現代性的，同時也深入當地的文化因子，引發出設計的特色，所以也是很具後現代性的。」

他行雲流水般走過寫字樓園區的平立剖面和模擬圖，說明了如何整修舊建物，以及和新建物的銜接和搭配，他停下來喝了口水，似乎是要休息，也看對方反應。修總說：「歐先生要一起說明紐約的方案，我們再一起提問嗎？還是總經理和副總這邊有什麼問題？」這話一語雙關，是問兩位老屁股有什麼高見，還是問你們腦袋是不是有問題？

歐先生放出了三十多年前未實施的方案，他先說明了當年將所有單元都面街道的理念，但是這樣一個卑微的條件，在那個紐約最低迷失去了信心的年代，只因為造價略高而被否決。

畫面忽然倒退成為城市的尺度，諸多經典高樓站在一起，當然包括歐氏的大作。廿世紀之初，中央公園周邊還是一片田園風光，靠著有遠見的規畫者預留了城市之肺，成就了偉大城市；如今紐約重回金融之都，下城華爾街中城商業區的高樓如雨後春筍，這個上西城的點也應該有其獨到之處。除了說明了設計的重點，又把事務所的輝煌歷史露了一手，可見向先生把我的話傳到了！我瀏覽到，不但單元配置合理，臥房廁所廚房個個好用，還融入了最流行的立體綠化。看來這老事務所確實高深莫測，一天內就能把平面排得如此成熟！

「我父親的筆記說，在梅樹堂和紀念醫院，他想創造一種建築的和聲，精神同而形式不同，他那時就呼之欲出，在走後現代的路子了。

「老實說，年輕的時候我覺得父親的設計既不古典也不現代，既不抽象也不具象，既不前衛也不時髦，既不能討好學界也不迎合大眾口味。慚愧得很，經由這次的機會，讓我重新審視父親的舊稿，才知道他才是最有勇氣最忠實於自我的建築師，定位比我高得多也深得多！所以我到此老年也回頭向父親學習。這個寫字園區的新舊融合是一個『和聲』，廈門和紐約這兩個方案之間，也是精神和語言上的『和聲』。」真不愧是功力深厚，說了這麼多竟然不過二十分鐘。

然後換成修總直接用英文侃侃而談，幹部們大概都和我一樣，對他流利的英文驚訝無比，他不是海歸派，也從未長期住國外，但是英文字正腔圓，流利又精準。聽說修總向來最自傲的，不是自己的財勢而是頭腦和見識，果然如此！

「我的祖籍是湖南，但因為父親是個中級公務員被派到廈門，所以是在廈門長大，我自幼去上學，都要經過悔樹禮拜堂和紀念醫院，對這兩棟房子瞭若指掌，它們也引發了我對建築的興趣。我也很早就注意到，它們的屋架其實都是斗拱的改良，砌磚和木作也都是當時當地的作法，連空間都很有東方的趣味，確實可見設計者不打算做個由西方移植過來的設計，而是因地制宜，要把房子融在環境之中。我這樣說，歐先生您同意嗎？」

所有幹部的腦袋瓜裡都轉個不停，他父親只是中級公務員？所以他不是權貴子弟？那麼拿土地拿許可拿資金，這些像是降龍十八掌乾坤大挪移的高級武功是怎麼練成的？難道後面還有高人？我們平常辦項目用各種方法唯利是圖，難道以後還要多有點學問？不論如何，這時候兩個老屁股一定後悔得要死，原來修總裁對這棟老房子，甚至於和歐氏父子事務所都情有獨鍾，他兩個反而去老虎嘴邊拔毛！歐先生聽得興味盎然回答說：「非常同意！我祖父的長項是歐洲古典美學和美國的工程技術；我學的是現代主義；要是把一個系統套用到現實世界，我父親則是悠遊其間，古典的現代的都可以信手拈來，沒有任何包袱，也絕不放過一絲可能。用烹飪來比的話，我和祖父就是學了一套嚴謹的法國菜或是日本菜，而我父親反而更像現代的大廚，沒有一定的手續，沒有一定的食材、調味料，到一個陌生的地方，可以欣賞當地廚子和小吃攤的作法，任何食材都可以入菜。所以我希望這是相隔九十年，東西方建築的層面，廈門和紐約之間，也做成一種時間和空間的和聲，也做成一道信手拈來的即興即時即地的菜。」

修總裁也不是照單全收，還是提了幾個意見，說是給歐先生參考。會議告一段落，大家正要恭送，修總裁突然向我指了指，我三步併做兩步跟著到電梯口，修總裁說：「你就是舒經理？這趟差事辦得完整又得體，比總公司國際業務部都辦得好！廈門分公司能培養這樣的人才，對集團是個功勞。我看這樣吧，先跟歐氏父子事務所簽廈門寫字樓園區的設計合同，紐約的項目就先簽一個規劃合同來開始。我們第一次去，先摸著石頭過河吧！總經理看怎麼樣？」

總經理還會怎麼樣？不就屁滾尿流諛詞潮湧？我趁他們講廢話時寫了短消息，把總裁的指示傳給向先生，電梯門一打開，能擠進電梯的全進去了，我只好等下一班，抓住空檔回到會議室，已經有幾個人圍著向先生問東問西，顯然都聽到風向了。向先生看到我舉起手機露出笑容來，這時候我的手機倒響了，副總在那頭叫道：「小舒你怎麼沒跟下來？沒擠進電梯？你平常打籃球架拐子的本事都上哪兒去了？你不緊跟著領導，要怎麼做幹部呢？」

這下我可紅了，可以緊跟著總裁！不過我可得更加戒慎恐懼，免得又要被老屁股們敲打，也還好我沒擠進電梯，讓他們覺得我有點傻B。我在電梯裡收到向先生訊息，先是一連串地謝我，說是他訂到了當天傍晚的回程機票，問我是否需要多留幾天，把合同簽定了，設計要修改的部分討論了再走？我要他放心，合同還是要經過法務部門，不是一兩天的事，設計討論也可以用視訊，有機票還是先回去吧。我自己揚眉吐氣之餘，也不禁衷心地替這個老實人高興。

## 無來無去

他聯絡上了智媛，聲音有些模糊，原來和露西安娜都坐在巴比的車子裡。視訊會議結束後，諾亞開了昂貴的香檳，說是慶祝他此生最後一次簡報。時間已經接近午夜，巴比負責兩人送回家。他看到智媛時明時暗的臉龐，她的眼角泛出眼淚，這是她極度緊張的時候特有的反應。她的眼泡在疲累下更為明顯，連雙頰都似有些浮腫，他不禁自責，竟把老婆搞到這麼七上八下，露西安娜怒道：「到底怎麼樣？有話就快吐出來！」

巴比卻說：「等一下，你先掛上，我們來找老傢伙一起講！」

一會兒手機又響，出現了分割畫面，諾亞似乎氣定神閒，好像他一輩子爭強好勝在這時候卻能老僧入定！向潮雄很快把廣廈的決定給說完了，露西安娜都歡呼起來，巴比用手按得喇叭大響，唯獨聽不到智媛的反應。巴比嚴肅地說：「我們趕快把工時和成本估算出來，才好報設計費談合約。」

他說已經報出去了，巴比簡直要發瘋：「你一定又報得太低，血本無歸！」

卻惹惱了露西安娜：「你原來躲得遠遠的，現在來放馬後炮。你明天就搬回來上班，除非蒙上帝寵召了，沒有做完這兩個項目誰也不准走！」

向潮雄連忙插話：「智媛！我訂到機票，傍晚就可以走了。」

智媛卻沒有想繼續話題，說：「我有收到陳國懷的訊息，我知道了。你要謝謝他，其他等你回來再說吧。我們這邊就先掛了，你們兩個老情人慢慢聊吧。」

陳國懷什麼訊息？他如墮入五里霧中。畫面上只剩下了諾亞一個人，他知道諾亞其實很是激動，因為沒有啟動慣有的犬儒語氣，平靜地說：「索爾貝羅不是有一本《韓伯的禮物》？韓伯是主角師崇的對象，是個很理想性的詩人學者，既有精神強迫症又缺乏應世能力，一事無成潦倒而終。主角到了中老年也陷入一樣的精神僵局，又因離婚而瀕臨破產，他們兩人多年前曾一起在普林斯頓大學教書，閒暇時一起寫了個劇本，沒想到此時竟然被人拍成賣座電影。主角經由律師取得了可觀的賠償金，照看了韓伯留下的親人，自己也得到了財務的解脫，也得到了人生如何走下去的領悟，莫名其妙地沾了舊日友誼的光。」

他聽過這本書，該不會又是在陳國懷的書架上看到的吧？諾亞又說：「其實我一輩子都在享受別人的禮物，我祖父我父親我母親和伊蓮娜，到現在還有露西安娜的照顧，還有你和巴比的追隨。這次的機會，或許可以讓你們把事務所經營下去，或是用這些收入結束，你們自己決定吧！向！很多事固然要在意，也不能太在意！這是我母親用言語，伊蓮娜用行動，教給我送給我的禮物。」

「也許這是一對鷺鷥的禮物！」

他把這幾天一再看到鷺鷥的事告訴諾亞，也把照片傳了過去。諾亞離開了電腦，幾分鐘後拿了張素描說：「說不定就是這對鷺鷥？」

那是傑瑞米的醫院設計素描，放大了才知道，原來傑瑞米的素描裡，前方的草地上停著一對鷺鷥。諾亞又拿出另一張，吳氏會館的女兒牆上也停著兩隻，甚至於有一整頁是鷺鷥的素描。諾亞說：「這事的合理解釋，就是這個地區，鷺鷥多到氾濫的程度，又可能這些鷺鷥是候鳥，這正是牠們過境的季節，所以你到處都會看到牠們！不過如果露西安娜如道了，一定用猶太教義來訓斥我，這對鷺鷥就是我父母的化身。我雖然不相信冥界和來生，不過如果真有這種事，大概是我陽壽將近，我父母是來接我的吧？」

他到了機場的時候，又是緊張兮兮趕了又趕，到了登機門才鬆了一口氣，這才想起一直沒有通知陳國懷和周善敏，打開手機才發現周善敏成立了三人群組邀請他加入，但是為什麼要成立群組而不是個別聯絡？是代表留下的不是兩人的情愛而是三個人的共同記憶嗎？他眼看登機時間將近，就用語音檔寄給他們，不一會兒周善敏連續寄了好幾個語音檔來，他聽一個回一個都有些來不及，像是兩個暗器高手互打，一個八臂哪吒一個千手觀音，讓人目不暇給，陳國懷只是反覆地說：「太好了，太好了！」好像是《宮本武藏》電影的結尾，在巖流島擊斃小次郎以後坐船回程，船夫見他生還，高興地重複說：「太好了太好了！」這個陳國懷到底怎麼回事？平常只有兩個位子卻硬要把屁股擠在中間的湊熱鬧先生Mr. Butt-in-sky，現在找他來深談反而像個愚鈍的船夫，難道自己應該像宮本武藏一樣啜泣嗎？

三個人聯絡到飛機準備起飛，他們才互道珍重。這時才看到陳國懷寄來一份影像檔：

智媛：

雖然夫妻間事，不應有旁人置喙，但因為有這次和向潮雄重聚的機緣，想起了很多往事，也發現我們在中老年的時候，好像走在童話裡陰鬱的森林，很容易迷失方向，同時害怕黑暗中的魔鬼，逐漸變得內縮和憂懼，與最珍貴的人與事反而模糊了，向是如此，我更是如此，可能你也不免如此。

我記得多年前到你家，看到他把你弟妹的孩子都當成自己的孩子，把你的母親當成自己的母親，既訝異也不訝異，因為他就是這樣的人，對自己鍾愛的人和事，像是涓涓細流卻絕無保留，就像他現在也不是要縱容諾亞，和對事務所盡愚忠，而是那也是他所鍾愛的人和事，總之他就是這樣的人，經過這兩天我記得了，也冒昧傳給你這個訊息，希望你也一直記得。

原來智媛說的是這條訊息，他想，智媛要他謝謝陳國懷，應該是同意簡訊裡的說法吧？這時又有一封訊息是給他和周善敏的：

「感謝周善敏的提點，我想了很多，我昨天打電話給我太太佳琦，為我這些年造成的問題向她道歉。如周善敏所說，她果然沒有很在意我的事業成敗，她告訴我，要先把這句話翻譯成英文 **I am sorry**，然後再翻譯回中文，那就不限於道歉，也可以成為遺憾。我們都不是超級英雄，在人生中因為不夠積極不夠明智不夠堅強而失敗了，不論是不是自己造成的，也只能對這個結果感到遺憾，不需要道歉。我又說，那我還對這些年都沒賺什麼錢道歉。她說沒關係，因為幾十年來，我賺的錢和她做中學老師的薪水，她都固定地用一個比例，慢慢地投資國內外的藍籌股，到現在每年配的股利都是我收入的好幾倍。因為報稅都是她負責，所以我也不知道，她還反問我，不然你以為兩個孩子買房子的頭期款是哪裡來的呢？原來她遠比我有思考力，而且她也能扛起一片天！我問她我們能不能試試重新開始，她要不要考慮來金門長住呢？她說我以為你永遠不會問呢，所以她今天下午就要飛來了！謝謝周善敏，不知道是聯考分數真的有其客觀性，由此可證呢？還是你經歷了人生的磨鍊得到了過人的智慧？我也謝謝向潮雄，我仗著自己是學長，一向對你作之君作之師，其實你遠比我有深度有韌性，由你看到自己，希望也能再找到自己。」

空服員送上一杯香檳，廣廈為向潮雄定了商務艙，這是他平常絕不捨得的花費。他把香檳拿到嘴邊，才發現自己是全機唯一戴口罩的乘客，周善敏連續耳提面命，她醫藥界的朋友告知，病毒已經擴散，美國也有疑似案例，不管多不舒服都要盡量戴著。

他昨晚就有睡沒睡，簡報後和舒經理通電話整理了開會紀錄，就急急趕往機場，簡直比前天熬夜還要疲倦，還是忍不住拿下口罩喝了幾口香檳，立刻就昏昏欲睡。似醒似夢間機身隆隆升起，機艙內陷入昏黑，窗外剩下一抹紅霞，地面快速地倒退，他突然被焦慮所攫，狀況一，如果像諾亞所說，那對鷺鷥是來接諾亞的，諾亞在短時間內就往生，廣廈或許就無興趣履約，事務所只能樹倒猢猻散；狀況二，聽說很多中國房地產商有財務危機，萬一廣廈去紐約投資是想藉此乾坤大挪移，如果被當局抓個正著豈不是白搭？狀況三，這個病毒把世界打進比冷戰還要澈底的封鎖狀態，所有經濟活動都凍結，再解封已經人世全非了！任何一個狀況，都是鏡花水月一場空吧？

他突然覺得，那對白鷺鷥又站在跑道旁的草地上，他把臉貼到機窗上想要向牠們揮手，他坐在第一排，一位女空服員和他面對面，睜著眼疑惑地望著他的舉動，他連忙把手收回來，同時希望對面坐的就是智媛，他可以把這幾天的事囉哩囉嗦地講到她失去專注力。她通常一面聽一面做家事，到了實在不想聽就轉過頭來看著他，意思是能不能閉嘴了？

昏沉中他耳邊飄過一聲長長的嘆息，難道鷺鷥會嘆氣？他想要把自己喚醒，卻發現艙壁消失了，他飄浮在半空之中，一時間想不起這是何年何月，和落在哪個人世間的夾縫。

夜幕將他們籠罩其中，引擎拋錨的渡船在黑暗的水面飄浮，完全不知道金門、小金門，和大陸在那個方向，海浪把船緩緩地推動，他們面面相覷，都在想萬一漂到大陸去了怎麼辦？可能沒靠岸就遭到機槍掃射，或者在海灘上就地正法，否則就被送去勞改下放了！從小到大汲汲營營的努力和未來的計畫全都幻滅了，船員打開一盞燈照著修理引擎，在巨大的闇黑中像是夏日結束前的最後一隻螢火蟲。陳國懷靠近他說：「如果漂到對岸，國民黨核心的安德全，三民主義演講比賽冠軍吳雙澍，一上岸就會大喊『我和林毅夫一樣，是來投誠的！』」

向潮雄跟著陳國懷笑到了肚子發痛，安德全吳雙澍都叫他們住嘴：「萬一把匪軍引來了怎麼辦？」

向潮雄仰頭大笑的時候發現，雖然周遭是無比的黑，天上卻是無比燦爛，他正在搜尋是否真的有群星連線，耳邊卻響起諾亞的聲音：「『整個世界就是個玩笑，但也是個嚴肅的玩笑！』這句話是誰說的？管他呢，大概是我說的吧！不過這句話還是有太多的造作，遠遠比不上我母親留給我的字：『無來，無去，真正無代誌！』，哈哈哈哈，哈哈哈哈……」

九　歌　文　庫　　1　4　0　3

# 鷺過滄海

國家圖書館出版品預行編目（CIP）資料

鷺過滄海 / 金光裕著 . -- 初版 . -- 臺北市 : 九歌出版社有限公司 , 2023.04
面 ;　公分 . -- ( 九歌文庫 ; 1403)

ISBN 978-986-450-549-4( 平裝 )
863.57　　112002877

作　　者——金光裕
責任編輯——鍾欣純
創 辦 人——蔡文甫
發 行 人——蔡澤玉
出　　版——九歌出版社有限公司
臺北市 105 八德路 3 段 12 巷 57 弄 40 號
電話 / 02-25776564・傳真 / 02-25789205
郵政劃撥 / 0112295-1

九歌文學網　www.chiuko.com.tw

印　　刷——晨捷印製股份有限公司
法律顧問——龍躍天律師 ・ 蕭雄淋律師 ・ 董安丹律師
初　　版——2023 年 4 月
定　　價——350 元
書　　號——F1403
I S B N——978-986-450-549-4
9789864505555（PDF）